おとな二人の午後

HIROYUKI
ITSUKI

NANAMI
SHIONO

世界文化社

ホテル・インギルテッラの
ローマン・ガーデンにて

ローマ市庁舎の屋上から市街を眺める

フォロ・ロマーノにて

セレーノの空の下で

塩野七生

イタリア人があれほども色と形の創造に才能をもっている理由が、イタリアに住むこと三十数年におよぶ今でも、私にはまったくわからない。

絵画と彫刻にもっとも華麗な花を咲かせた、ルネサンス文化の余韻がいまだに残っているためか。それとも、一時期にはその民族のもっとも優れた才能が一部門に集中するという、イタリアではしばしば起こった現象のこれも一例なのか。第二次世界大戦終了直後に優秀な才能が集中したのは映画であったけれど。それが今では、モードの世界にうつったのか。

いずれにしても、モード界とは自分自身の服を買うということだけで、結ばれている私の場合は、彼らの才能には全面降伏することにきめて、もう十数年がたつ。ということは、どういう服装をしたいという自分の考えはもう放棄して、彼らが提供してくれるものをそのまま受け入れることにしたのだ。

シーズンのはじめに、私の散歩道になっているスペイン広場近くの通りをウィンドー・ショッピングする。このあたりの通りには有名店が軒を並べているから、それらをひとまわりすると、今シーズンの傾向がだいたいわかる。しばしば店内にまではいって、ドレスや靴、バッグなどをひととおりは見る。そのなかで、その季節の私自身の気分に合って、財布の中身にも合致するものを選ぶだけだ。一着もないシーズンもある。そういうときは買わない。手持ちの服で間に合わせる。

流行を追うほうではないが、やはり完全に流行遅れというのは着ていて気分のよいものではないから、その程度には流行にしたがう。だが、それ以上に大切なのは「気分」のほうだ。自分自身の気分とドレスの気分が一致すると、そのシーズンは「やった！」という感じになれるんですね。

今のところは、イタリアン・モードと私の、なんとなくステキな男と女の関係に似たこのつながりは醒めてはいない。

おとな二人の午後

目次

写真　飯田安国
　　　武田正彦
装幀　内藤正世

ローマからの故国の眺め

塩野　五木さん、ほんとうにようこそローマへいらっしゃいました。

五木　お久しぶりです。七年ぶりに塩野さんにお会いできると思って、飛んできました。

塩野　あいかわらず、今度のご本もベストセラーなんですってね。

五木　いやいや。どうやら二十二年かかった連載がひとつ終わって、ほっとひと息ついたところで。

塩野　いつぞや、私がまだフィレンツェにいた頃、五木さんがいらしてくださった、ほら、あのホテル。

五木　そうそう、修道院を改造したヴィラ・サン・ミケーレという名前のホテルでしたっけ。

塩野　五木さんがおみえになるなら、ぜひあそこに泊まっていただくべきだと思って、用意したんだわ。

五木　ずいぶん前のことですが、あのホテルはよく覚えてますよ。さすがにルネサンスの余光《よこう》を感じさせるすばらしいホテルでした。たしかミケランジェロの手がはいっている建物でしたね。

塩野　このホテル・エデンはいかがですか。

五木 ぼくは最近、ローマでは改装が終わってからホテル・ハスラーに泊まることが多いんですけど、ここも肩の凝らない感じでいいですね。でも最初に案内された部屋は仰々《ぎょうぎょう》しすぎて苦手でした。裏の庭園の見える部屋に替えてもらって、やっと落ち着いたところ。

塩野 ここの最上階に、ローマのヴィラ・メディチ（メディチ家の屋敷《やしき》）が見える、見晴らしのいいラ・テッラッツァというレストランがありますから、まいりましょう。

なぜホテルにこだわるか

塩野 ここはね、バーもレストランも夕暮れどきの眺めが素敵ですのよ。

五木 ほんとにいい眺めだなあ。

塩野 おそらく朝食もこのレストランのはずです。明日はこちらで朝食を召し上がるといいわ。

五木　そうしましょう。じつはぼくはホテルが趣味みたいなものでしてね。旅をするとき、いちばんこだわるのがホテルなんです。

塩野　それはそうよ。

五木　ほかのことはさておいても、旅先で着いたホテルがだめだとがっかりでしょ。その旅が台なしになる気がする。

塩野　よくわかります。ローマのホテルはたいてい建物が古いですけれど、内装をこのエデンのように新しくしているホテルはいいですよ。

五木　ですから、最近は、いつ改装したかをちゃんとチェックしてから、予約を入れることにしてるんです（笑）。工事中のホテルなんかに泊まると悲劇ですからね。

塩野　それから団体客のはいらないホテルを探すことね。いまや、たとえ五つ星のホテルでも日本人のツアーがはいりますから。

五木　客によってホテルの雰囲気がずいぶん変わるから、なかなかむずかしい。

塩野　五木さんは、東京ではずいぶん長くホテルにお住まいですよね。

五木　ホテルを仕事場に使ってるんです。週の半分は東京のホテルの仕事場、金、土、日は横浜の自宅ですごすという暮らしなんですが、それでも東京には週に一日か二日ぐらいしかいないですね。

塩野 旅行で？

五木 ええ。もう、ほとんどが旅から旅の暮らし。ですから、ぼくは書斎というものをもたない作家なんです。鞄ひとつさげて映画の寅さんみたいにね（笑）。

塩野 ただ、ホテルにお部屋はずっとおもちなんでしょう？

五木 一応、部屋はずっと取ってありますけれども、蔵書もなければ参考資料もない。だいたいが飛行機のなかとか、電車のなかとかでセコセコ書いてることが多いもんですから（笑）。

塩野 私が五木さんのそのスタイルにちょっと興味をもったのは、ホテル住まいの利点についてなんですの。もし『ローマ人の物語』を全巻書き終えて、まだ生きていたら、日本に帰って私もホテルに住もうかと思ってるの。そのときに家をもとうとは思わないんですねえ、ちっとも。

五木 それはいいですね。塩野さんなら、さしずめあのココ・シャネルのように華麗に暮らされるといい（笑）。シャネルは第二次大戦の頃もずっとホテル・リッツに住んでたんですから。

塩野 ええ、それでどうなんでしょう。つまりなぜ、ホテルに住むのかってこと。私がホテルに住むのも悪くないなと最近思うのは、ホテルって必ず、人の目を意識しなきゃならないですよね。

五木 そりゃ日本の温泉旅館のようにはいかないもの(笑)。

塩野 そう、これは年をとるということにつながるんだけれど、若いときはジーパンとTシャツでちゃんとさまになってたのが、年を重ねるにつれて、そういうわけにはいかなくなる。こちらのヨーロッパの婦人を見てますとね、年齢とともに、精神的にも外観的にもきちんとしなきゃいけないという彼女たちの姿に共感するの。そうしなきゃいけないでしょう。

五木 ええ。若いときより、はるかにね。

塩野 そう、はるかに。若いときはきちっとしてなくてもいいんですねえ。

五木 若さでキラキラしてれば、それですむんだよね。若いということだけで十分に輝いてるから。

塩野 で、おとながホテルに住むとなったら、やむをえず、きちっとするじゃないですか。

五木 いったん部屋を出てしまったら、ホテルはオフィシャルな場所ですから。

ホテル・エデンの客室からの眺め
(ジュニアスイートルーム)

塩野 下のバーへ行くにしてもなんにしても、人に会うときだって、やはりきちんとした格好をする。それが自分の家ですとね、だんだん、だんだん怠けてくる（笑）、人の目がなくて。

五木 なるほど。塩野さんにしてそうかなあ、これは意外。

塩野 そういうのありません？

五木 ホテルには二つの面がありますね。いったんドアを閉めてしまうと、あとは素っ裸でいようが、パンツ一枚でいようがぜんぜんかまわない。その解放感ったらないですね。もう完全に自分だけの密室の空間でしょう。

塩野 ただなにやら、外からホテルのあのぶ厚いカーテンを見透《す》かすような恐ろしげなカメラがあるそうですよ。

五木 さすがマフィアの本場で暮らす国際人（笑）。まあ、しかし、部屋では生まれたままの姿でいても、いったんドアを開けて外へ出るとなると、おのずときちんとせざるをえないという二つの要素がある。

塩野 私が老後をホテルに住もうかと思い始めたわけのひとつは、そのきちんとするための要素としてなのね。五木さんはなんのためにホテルをお使いになるのか、存じ上げないけれど。

五木 やっぱり性《しょう》に合ってるんだと思いますけど。

塩野 あら、そう。

五木 ぼくは自分の家っていうものを子供のときからもったことのない人間なんです。両親が学校の教師で、物心ついたときには福岡から外地へ出て、ずっと転勤、転勤でしたから。官舎を転々として暮らしてた。家の庭に木があるでしょ。でも「この青《あお》桐《ぎり》の木は朝鮮総督府《ちょうせんそうとくふ》の木だから、枝折っちゃいけませんよ」なんて母から言われてました。そんなふうに育って敗戦を迎え、いわばパスポートをもたない難民として三十八度線を越えて、本国に帰ってきたわけ。そういうわけで、ぼくは在日日本人と称《しょう》してるんだけど（笑）、常にいまいるところが自分の居場所だっていう、そういう生活をしていこうと覚悟をきめたんです。自分は永遠のトランジット・パッセンジャーであると。ですから、ぼくはいつも旅をしてるような状態が非常に好きなんです。

塩野 それって、つまりホテルの部屋を何十年もずっと借りつづけているということは、その支払い分でマンションが買えちゃうわけですよね。

ホテル・エデンのラ・テッラッツァにて

五木　それはそうです。

塩野　お家だって建っちゃうでしょ。五木さんはそれをしないで……。

五木　仕事場として使い始めて、もう三十年以上になるから、考えてみるとホテルに何億円か払ったことになるわけか（笑）。

塩野　やっぱりマンションか家がすぐ買える（笑）。で、持ち家なら一応、資産になるんですよ。

五木　ええ。

塩野　つまりホテルに住むってことは、そうした資産をもつことを拒否することでしょう。

五木　そういうことですね。要するに地面のついた家屋を私有したいという気がぜんぜんないんです。遊牧民といいますか、ホモ・モーベンスって自称してるんですけどね（笑）。

塩野　ホモ・モーベンス、つまり動民ですね。私も不動産に対しては、まったく興味がない。私は東京生まれ、東京育ちだけれど、もうずっと長年イタリアにいますでしょ。両親が亡くなってからは、弟が実家を継ぎましたから、いま、東京には私の家もないの。ローマにはやむをえず小さな家がありますが、それはね、こちらで家を借りますでしょう。そうすると、家具つきというのが非常に多いんですよ。私の場合、本棚のための大きな壁面が必要なのね。どうしても仕事上、これはしようがない不可欠な条件で、自分の家なら壁面を勝手にリフォームして使えるから、それで買いましたけれど。でも、あとはもう不動産なんていうのは面倒くさいから欲しくもないわ。

大切な緊張感

五木 しかし塩野さん、自分の母国でない外国に住むことのほうが、ホテルに住むことよりもっと、ある意味ではたいへんなことじゃないのかしら。

塩野 いやまあ、もう同情してくださいい(笑)。

五木 ほんとにあなたのことは偉いと思ってるんですよ。

塩野 しかも、ひとりで子供を育ててね。そのあたりをだれもわかってくれないんだなあ

（笑）。

五木　いや、わかる人はみなわかってますよ。塩野さんはめずらしい人で、都会の真ん中で育ったシティズンにもかかわらず、けっこう芯の強いところがありますね。都会人ってぼくら田舎者から見てると、繊細《せんさい》な反面、どこかもろい点もあるんだけど。

塩野　それは五木さん、外国で三十年以上も生活をすると、やっぱり鍛《きた》えられる。

五木　そうか。塩野さんはイタリアで鍛えられたんだね。

塩野　亡くなった父がね、私が大きな重いスーツケースをパッともったら、「こんな重いものがもてるのか」って言いましたよ。子供を片手にだいて、片手に重い荷物をもち、日本に帰るなんていうことを始終やってましたから。

五木　それはいい話だなあ。ぼくの横浜の自宅のすぐ近くが岸恵子《きしけいこ》さんのお宅なんですけれども、岸さんもフランスにずっと永住しようと思ってらしたようなんです。でも、いまは横浜にも時折、帰って住んでおられるみたいだ。

塩野　そうですか。岸恵子さん、時折、日本にお帰りになられてるのね。

五木　ぼくは岸さんの気持ちがよくわかるんです。岸さんはエッセイストとしてもなかなかの文筆家ですけれども、こういう話を書かれていました。あるとき、パリの街角

ローマのヴィラ・メディチ（メディチ家の屋敷）
現在はフランスアカデミー

でバスにのろうとして歩いていった。するとバスの停留所の前に、ひとりのおばあさんが先に立ってたんだそうです。で、岸さんがなにげなくそのおばあさんのほうに近づいていって、うしろに並ぼうとすると、そのおばあさんがビッと振りかえってね、それは厳しい眼差《まなざ》しで、「私が先ですからね！」とすごい剣幕《けんまく》で言ったというんだ。そのとき岸さんは「もちろんです。どうぞ、どうぞ。私の人生にはまだたっぷり時間がありますから」とエスプリを込めてこたえたそうです。つまりパリとは、自分をあくまで自分で守って、自分の権利は絶対に年をとろうがなにしようがきちんと死守していかなきゃ生きていけない街だということをあらためて実感したって言うんですよ。フランス人のそういう感覚、ぼくもとても感じることがあるな。

塩野　あのねえ、イタリアだって、美しく、おいしく、すばらしい国だというでしょう。あるとき天使が「神さま、そんなふうにイタリアをおつくりになったら、ほかの国とくらべて不平等じゃないですか」って言ったの。そうしたら「大丈夫、大丈夫、イタリア人を入れてあるから」（笑）。だから、外国って住むとそれはいろいろあるんですよ。

五木　たしかにそうだよね。ぼくは昔、フィレンツェのあなたのお宅で塩野さん手づくりのパスタをごちそうになったときに、お宅の玄関のドアがものすごくぶ厚くてしっかりしてたことが、すごく印象に残ってる。二重錠だけじゃなくて、重い鉄板まで内側から張ってあったでしょう。

塩野　あれでも、二度ほど泥棒にやられたのよ、玄関のドア。

五木　要するに、無防備では生きていけない社会なんだよね。

塩野　そう。

五木　日本では地方なんか、鍵《かぎ》をかけずに寝る人がいまだにいるもの。

塩野　私なんか考えられない。ここ、イタリアではだめ。

五木　塩野さんの家はなにしろやたらしっかりしたドアで、びっくりした。

塩野　フィレンツェでは私、ポンテ・ヴェッキオのそばのペントハウスに滞在してたでしょ。

五木　あれはすばらしい場所でしたね。

塩野　ペントハウスというのはその階には自分ひとりが住んでいる。そうすると、泥棒が悠然《ゆうぜん》とドアを壊《こわ》せるっていうことなんですよ。それで日本からもどってきたら、ドアが曲がってたわけよ。あのドアを直すのはやたらとたいへんでした。私、つくづく腹が立って、玄関ホールに一応のお金を置いといて、どうぞこれをもっていって くれと、あとは本しかない家なんだって、そう書いておこうと思ったくらいよ。そ の家のテラスが泥棒の出入口になりそうで、いつも気持ちが休まらなかったものだ から、ここローマの家はテラスを一切、なくしましたの。

五木 そこへいくと、日本みたいな島国の住人はある意味で、安心してのほほんとしてい られるんだな。ローマも変わりました。これから先はそうはいかなくなるだろうけど。

塩野 でも、ローマも変わりました。私が来た三十年前は、深夜でもトレヴィの噴水あた りをウロウロすることが可能だった時代ですよ。

五木 いまはだめですか。

塩野 だめ。なぜって麻薬と不法移民もふくめた外国人でね。麻薬が切れると、人間は非 常にラディカル(過激)な行動に出ちゃうから。

五木 ぼくは深夜にライトアップされた広場や路地を、ひとりで歩くのが楽しみだったん だけどなあ。

塩野 いまだってできますよ。だけど、ひとりじゃだめです。だからヨーロッパが変わっ たのね。日本も少しずつ変わりますね。

五木 いや、もう相当変わってきてます。とにかくいまの犯罪や暴力は、弱いほうへ向いてきますから。女の人とか、子供とか、お年寄りとかね。ハンディキャップのある人とか、そういうほうに向いていくんですね。いやな世の中だ。

塩野 そうなのよね。

五木 ぼくは外地から引き揚《あ》げてきてから五十数年になるけれど、昔は海外へ出たときのほうが解放感があったんです。ところが最近は、すっかり日本の湿潤《しつじゅん》な風土に自分が慣れてしまって、外国に長くいると、妙《みょう》に落ち着かない気分がどこかにありますね。なんとなく疲れる。年かなあ（笑）。

塩野 外国ですごすことはやっぱり疲れますよ。岸恵子さんがパリから時折、帰られると伺《うかが》ったけれど、私もたぶんいずれ帰りますよ。いまは仕事でローマにいるほうが便利だからおりますが。

五木 帰りなんいざ、か。実感がありますねえ（笑）。

塩野 せめてねえ、死ぬ前の数年ぐらいは、そういう疲れもなく日本ですごしたいと（笑）。

五木 でもよくそこまで粘って独力でやってきましたね。超人的なことですよ、ほんとに。

だけど塩野さん、日本にずっといらしたら、また別のフラストレーションも起きてくると思うな。

塩野 前の主人がソマリアの大学に医学部をつくるため、向こうに行って留守だった時期があったのね。私は暇《ひま》だったから子供も小さかったし、六カ月間日本に帰っていたんですよ。そのあいだになにが起こったかというと、ユーモアを話す才能が見事に衰えたわ（笑）。だってねえ、日本人はユーモアを受けて返してくれないんだもの。

五木 ギャグが流行《はや》るわりにはね（笑）。ぼくは横浜にずっと住民票だけは置いてますけれども、そこはいわばトレッキングの前進基地なんです。京都に三年ずつ二度住んだり、金沢にも滞在したりっていうあんばいで、わりとそういうふうに、定住しないということを自分のモットーにし、またそれが自分の体質に合ってるというか。根っからの極楽とんぼですかね（笑）。

塩野 五木さんの場合、それが生きるスタイルにまでなってますものね。

五木 ですから、ホテルはすごくいいですよ。ただ、もう、自分でお茶はいれなきゃいけないし（笑）、こまごまとたいへんだけど。

塩野 それで部屋に小さなキッチンがあったりすればねえ。

五木 いまはそういうホテルもたくさんあるらしいよ。

塩野 レジデンシャル・ホテル（長期滞在用の台所併設のホテル）ならローマにもよくあるんだけど……。

五木 ぼくがホテルのオーナーだったら、塩野七生《ななみ》に無料で一室提供して、ずっと住んでもらうけどなあ。すごいPRになるもの。ここで『ローマ人の物語』の構想を練りました、なんて。そういうことを考える企業家って、日本にいないもんなんですかね。

塩野 残念ながらいない（笑）。ともかく、いかに私でも、こちらでは外へ出るときはいかなる場合も、しゃんとしますよ。私は家にはいれば、途端《とたん》に靴なんか脱いじゃいますけれども、出かけるときはきちんと装う習慣があるんですね。日本に住んでると、ちょっとつっかけを履《は》いて買い物に行くってことになりそうだけれど、それはここでは完全にノーね。

五木 それって、いわば緊張感でしょうね。

塩野 私は、やはり年を重ねていくにつれて、そういう緊張感が大切だとつくづく実感してるんです。で、いずれはホテルに住もうかな、などとね、考えているわけ、先輩（笑）。

五木 それはよい心がけです（笑）。しゃんと気の張るようなチャンスをつくるために、ホテル住まいも悪くないんじゃないかと、そういうことでしょう。

塩野 年をとったら、気を張らなくちゃいけないんですよ。

五木 でも、日本というのはなぜか緊張感がないほうが暮らしやすい国なんです。境界線をあいまいにして、グチャグチャと生きてるのがとても快適なところですから。そこがよくもあり、つまらなくもあり……。

塩野 でも中年の女になっていちばんいけないのが、男に見られるってことをあきらめるのか、その緊張感を失っちゃうことね。

五木 ハハハ。それは男もそうですよ。あるところでもう、男を放棄《ほうき》する。男のおばさん化しちゃう傾向が自然と出てくるから困ったもんだ（笑）。

塩野 そうすると、女はおじさん化しちゃうんでしょうか。

五木 そこまでは言わない（笑）。まあ、そういう傾向はどこの国にもあるけれども、日本という国はその風潮が……。

塩野 特にはなはだしい。

五木 そういうことだね。ところで塩野さん、イタリアにかぎらず、ヨーロッパ全体をひっくるめて、こちらの文化とか感受性は、分ける、分別するということがとてもしっかりしてませんか？　室内と室外が截然《せつぜん》と分かれているし、光と闇《やみ》を峻別《しゅんべつ》するとか、天使と悪魔、善と悪とかって……。またおとなの世界と子供の世界、これははっきり分かれてますよね。

塩野 もちろん。

五木 子供を高級なレストランとか、日本でいう一流料亭なんかには連れていかないでしょ？

塩野 絶対に行かない。昔、私と息子が一緒に日本へ帰っていた頃は、私の航空券を仕事先が出してくれる場合にはファーストクラスかビジネスクラスなわけね。息子の航空券は私がお金を出すけれど、もちろんエコノミークラスですよ。その代わり、食事のときだけ替わってあげるわけ（笑）。私は飛行機での食事なんて興味ないから。でも、おとなと子供の立場について厳然たる区別はする。私自身が両親からもそういう教育を受けましたよ。

五木 日本は親が子供と一体化してるところがありますね。幼稚園にも上がっていないような子供を有名レストランに連れてきて、子供がフォークを逆手《さかて》にもって、フォアグラをグチャグチャつぶしてるんだもの。

塩野 そんなの考えられない!

五木 高級なお寿司屋さんで、子供がカウンターに座って「エンガワ」とか言って頼んでるとかね。日本はおとなと子供をきちんと区別しないんですよ。

塩野 それはだけど、区別したほうが子供のためですよ。

五木 ぼくは、どうも世界には、区別する文化と区別しない文化という二つの型が存在すると思うんですが。

塩野 でも、それはしつけの問題じゃないかしら。私が小さい頃は、完全に区別されてましたよ。お客さまと食卓をともにするなんてことは、絶対にできなかったですよ。区別といえば、あのねえ、自動車ののり方で歴然とする。

五木 そう。日本とイタリアでは、はっきりちがいますね。

塩野 父親が運転席、そうするとしばしば日本では子供が助手席に座るんですね。それで母親と小さい子がうしろへ……。

五木 だいたい母親が後部座席に座ることが多い。

塩野　そうなの。でもこちらでは、もう絶対に父親の隣りは母親なんです。子供たちはうしろへ座る。

五木　日本では子供ができた瞬間に、家庭内で優先順位が子供に傾いちゃうんだな。妻からお母さんになる。

塩野　往々《おうおう》にして日本の場合、そうなっちゃうのね。だけどもねえ、こちらの子供はどういうふうにして育つかというと、おとなから相手にされないから、チキショーっ、いつかおとなになってから、と思いつつ育つのよ。子供はそうやって育てるんですよ、わざと。

五木　塩野さんも、チキショーって思いながら大きくなってきたんでしょ（笑）。

塩野　いまでも思ってるわよ（笑）。

おしゃれは悪魔の誘い

塩野　五木さんがお召しのシャツとジャケット、じーっとこう見るほどにいい色ですね。どちらのシャツ？

五木　これは上着と同じメーカーのもの。

塩野　ジャケットはどちらの。

五木　言いたくないけど、イタリアのものです。「郷《ごう》に入らば郷に従え」ですから。

塩野　残念ながら、洋服に関して日本はまだ伝統がないですね。

五木　ぼくらが洋服の仕立てを注文するでしょう。

塩野　ええ、紳士服のね。

五木　日本の一流の仕立屋さんで仕立てるとする。客が鏡の前に立つ。「そういうふうに突っ張らないで、どうぞ楽にしてください」って言われるわけですね。「自然に立ってください」って。

塩野　なるほど。

五木　自然に立つと、ぼくは猫背になって、こう背骨がグニャッと曲がったような、右肩の落ちた姿勢になるんですよ。それで洋服つくられると常にそういう姿勢をしてなくちゃいけなくなっちゃうわけ。まあ、そのほうがたしかに楽は楽なんですけどね。

塩野 だけど、イギリスで洋服を仕立てるとぜんぜんちがう。

五木 イギリスだとどうなります？

塩野 ドンと背中たたいてね、「胸を張りなさい。顎《あご》を上げて、きちっと立ちましょう！」って感じ。

五木 ハッハハハハ、うん……。

塩野 背中を伸ばして、胸をグッと張りなさいって言うんですよ。そうすると、仕立て上がった洋服を着るとき、いやでもそういう格好をしなきゃいけない。

五木 なるほどね。イタリアはどうですか。

塩野 イタリアでぼくは服を仕立てたことがないからわからない。でもぼくはわりあいナポリ系のあるメーカーの既製服がからだに合うから、簡単に買ってしまうんです。レギュラーでなくて、ショートサイズだとだいたい直さずに合っちゃうんですよ。袖はめちゃ長いからつめますけど。

五木 プレタポルテですね。いま、お召しのジャケットもとてもお似合いですもの。

塩野 イタリアではワイシャツだけ仕立てに行ったことがあるんです。そのとき、日本人のワイシャツの着方は襟が緩《ゆる》みすぎるってよく言われた。きちっと、首に食い込むぐらいに、しっかりと襟もとを締めなさいって言うんだけども、ぼくは少しだけゆとりがあるほうがいい。でもイタリアの場合はボタンつけがひどくいいかげんですよね。

塩野　仕立ても感覚的なのよ、イタリアって。

五木　なんていうか、縫い方が大ざっぱでね。触《さわ》ってると、もう三日目に、ポロッとボタンが取れたりするんだけど、でも着てるとなんともいえず気持ちがいいんですよ。からだの動きにつれて服が伸び縮みするみたいで。からだが風のように感じられて、自由に動きたくなるっていう気分になる。

塩野　ハハハハッ、それってなんだか象徴的《しょうちょうてき》な話ね。

五木　日本で麻のジャケットをつくるときなんて、なぜか袖を長く仕立てる店が多い。

塩野　縮むから？

五木　「縮むと袖が上がってきますから」なんて言う。でも、しわになったり、縮んで上がってきて短くなったのが、自然な麻の服の持ち味なんだ。だから最初に着たときに、しわになっていない状態で適正な袖の長さにしてくれって言うと、「それはちょっと。しわになって上がってきますんで」とか言われる。一時期みんなダブダブの袖の長

スペイン広場前のヴィア・ディ・コンドッティ
（コンドッティ通り）にある店

い服を着ていたでしょう。なにかが変なんだよ。そういう服に対する考え方って。

塩野 それはやっぱり洋服にスタイルとしての伝統がないからじゃないですかねえ。

五木 それもそうだし、妙《みょう》に実用的なことばかり考えるからだろうな。しわになっても長さが不足しないことばかり考える。そのしわがきれいなしわになって、少し袖が上がってきて、シャツがやや余分に見えると、それがなんともいえず素敵なのに。

塩野 そういう粋《いき》な感覚が育《はぐく》まれてない。

五木 イギリスの場合でいうと、こちらがシャキッと精神まで凛《りん》としてなきゃいけないような服を仕立てられちゃうわけです。

塩野 英国仕立ての服を着るとシャキッとなさる?

五木 やっぱりその服を着るときちんとする。偽善的というか(笑)。

塩野 なるほど。

五木 だけど、そのうち、なかなかその服は着なくなる(笑)。

塩野 そうか(笑)。

五木 ぼくはイタリアの服を着るとね、ほんとになんだか自分の気持ちがリラックスするんです。すごく自由になった感じがするんだ。

塩野 日本の洋服の場合は精神じゃなくて、肉体のほうがリラックスしてない？

五木 服の下で肉体が歌をうたってるみたいな。

塩野 それは紳士服にかぎらないですよ。いつだったかプリーツ仕立てのリラックスできる服っていうのが人気があるらしいと聞いたの。私はそのときに、そういう洋服は買わないと思った。だってリラックスしてはいけないのが、洋服の本分のひとつであってね。

五木 うん、わかる。塩野さん、でもパジャマぐらいはリラックスしたいよね、肉体も(笑)。

塩野 パジャマだって、絹製のパジャマもありますしね。それは浴衣《ゆかた》の寝巻きを着たときと、フィレンツェ製の刺繡《ししゅう》が施《ほどこ》してある、贅《ぜい》を尽くした絹製のネグリジェを着るときでは、眠りの気分がちょっとだけ変わってきますよ。

五木 言いますねえ(笑)。そんな寝巻きを着て眠れば、見る夢もちがいそうだな。たしかに、日本製のいい服を着てると、もう仕立てなんてじつに細かいです。ボタンなんか一生取れないだろうと思われるぐらいしっかりしてますし。自分が死んでもこの洋服の襟はけっして綻《ほころ》びないだろうっていうぐらい見事なんだけど、やはりなにか

CORRIERE D
che accecarono il bimbo
lusconi, s
IL GAZZ

ヴィア・デル・バブイーノ（バブイーノ通り）にある帽子店、ボルサリーノにて

が微妙にちがうんですよ。つまり、どう言ったらいいのかなあ、洋服が自分を変えてくれないんですね。そしてそれは文化とか歴史の問題なのかもしれない。もし日本が世界を支配していて、欧米人が和服を着てたら、百年たってもミラノ仕立ての羽織はなんかちがうって言ってるよね（笑）。

セックス同様の快感

塩野 よく日本人は自分の個性に合った洋服を着ようって感覚でしょう。そんなものじゃないのね、本来、洋服の個性を着るんですよね。

五木 服を着るということは、その服のデザイナーとのいわば勝負なんだから。

塩野 それで楽しむんですよね。楽しみのバリエーションはいくつもあるわけですよ。洋服を着こなしていくつものシーンを楽しむんであって、私だってジーパンをはけばね、ジーパンをはいたなりに振る舞うわけ。

五木 へえ。塩野さん、ジーパンはくの。

塩野 もちろん。何十年来、愛用しております（笑）。楽しみのバリエーションが何シーンもあるのが、洋服のすばらしさであって、自分の個性をあらわすなんていうこと、あんまり考えないほうがいい。だいたい個性なんて、実際のところ、わかりゃしないものだもの（笑）。

五木 おしゃれっていうのは基本的に贅沢《ぜいたく》なもので、ほんとはアホらしいものなんですよ。アホらしい道楽だと思わなければ、おしゃれなんてできないでしょ。実用的におしゃれするなんて意味がないもの。おしゃれするなんていうのは非実用的で、非経済的で、どこか悪魔的なことなんですよ。だけど、人間はときには悪魔の誘いにのって生きなきゃおもしろくないじゃありませんか（笑）。

塩野 ええ。私は洋服だってね、セックスと同様の快感があると思うんだけど。背広のジャケットがいかに男のからだを美しく見せるか。

五木 うん、そうかもしれないね。だから、おしゃれというのは不倫と似てる（笑）。

塩野 けっして胸もとを広げたセクシーな服じゃなくて、ぜんぜんセクシーじゃないふつうの洋服を着ても、そういう気分ってあると思うのね。

五木 いいシャツをまとうってことは、ある意味では、やっぱり愛撫《あいぶ》されるようなもんですから。

塩野 毛皮なんてまったくそうね。ですから、結局、究極的にいきつくところは絹とカシミヤになるのかしら。

五木 生理的にも軽くてあたたかい。

塩野 しかもさらに言えば、こちらではミンクの毛皮というのはマダムのものであって、二十歳《はたち》の女の子のものじゃないわけね。いかにお金があっても若い子のものではないんです。

五木 おしゃれにも分別があるということですか。

塩野 それがふさわしい年齢になるまで、おしゃれだって待てばいいわけ。

五木 おしゃれというのはなかなかたいへんなんですね。一生かかるかもしれない、フルコースを楽しむには。

塩野 そして、おしゃれの真髄《しんずい》は絶対にねえ、中年のもの。

五木 いやに強調しましたね（笑）。

塩野 私たちの年齢になれば、おしゃれを楽しめるのは、あと十年やそこらですよ。

ラファエロの墓などがあるパンテオン（神殿）

五木 あとがないから（笑）。

塩野 だから、勇気をもっておしゃれをしたらいいんですよ。

五木 勇気をもって、日本の内需《ないじゅ》を喚起《かんき》するためにも。

塩野 そう、内需喚起（笑）。

五木 無駄なことにバンバンお金を使ってね。どうせ洋服なんていうものはくたびれて、消えてしまうほうがいい。ぼくは百年使えるジャケットなんて好きじゃないです。カシミヤやシルクの花の命なんて短いものですよ。でも、そういう消えていくものに、お金を使うのがおしゃれじゃないですか。

塩野 服ってほんとに消耗品よ。毛皮も消耗品。

五木 ぼく、初めてわかったけれども、ナポリあたりで相当いい服を買っても、肩のところに例外なく、しわが出てるんですよ。それが謎《なぞ》だった。

塩野 着ているうちにしわが出てくるってこと？

五木 いや、手づくりだと最初からわずかにあるんだけど、それがどんどん目立ってくる。その謎がわかったんだ。めったにクリーニングしちゃいけないんだ、いい洋服っていうのは。

塩野 五木さん、それはほんとにそうよ。カシミヤだって洗っちゃいけない。

五木 うん、いいかげんなところでクリーニングしちゃいけない。

塩野 どうするかっていったら、着たあと、ブラシをかけて、呼吸させてあげる。いわゆるドライクリーニングはしないんです。

五木 イタリアの高い服は、肩のラインも職人が手で感覚的に仕上げてるんですね。そのショルダーラインがやたらクリーニングをしてしまって崩れると、自然なしわがみっともないしわになってもどってくる。

塩野 微妙なフォルムが命だものね。

五木 ぼくはしかるべき店でやってもらってるけれど、それでもクリーニングは二年に一回か三年に一回。ツイードの服なんかクリーニングに出しません。

塩野 それはそう。

五木 やっぱりこまめにブラッシングして、そして、昔のお母さんがやっていたように、ベンジンで襟の汚れを拭くとかっていうふうにして。

塩野 いい素材ほど、クリーニングに出してはいけませんよ。自分で手入れをしなくちゃね。

五木 あとはときたま、バスルームに湯気をいっぱい立てて、服を吊るして、ひと呼吸させてやる。プレスはしてもいいけれど、やたらとクリーニングはしちゃいけないってことを、ぼくは学びました。

塩野 それは鉄則なんです。私が男物のワイシャツを洗うときは、襟のところだけブラシでちょっとこすって、三十度のぬるま湯で手洗いしますよ。それでもなおかつ、色がしだいに褪《あ》せてはきます。

五木 そもそも日本ではワイシャツにごわごわに糊をつけるでしょう。あれは、なんのために始まったか……。

塩野 私なんか、ぜんぜん糊はつけない。

五木 イギリスでも昔はつけてたんですよ。それはなんのためかっていうと、ハードボイルドっていう言葉の始まりだという説もあるけれども、昔は洗濯するときに、釜で茹でたんですね。特に白いハイカラーのワイシャツなんて汚れるから、釜で茹でて、そのあとでガンガンぶったたいて洗ったわけ。そのときに、ワイシャツの襟に硬めに糊をつけておくと、汚れが取れやすいと。それで、昔は汚れをガードするために、糊をスプレーするようにつけたんです。それをうんと高熱の湯でハードに茹でていた。

塩野 ハードボイルドなのね。そういえば、イタリアのお手伝いさんはまったく糊をつけないわ。

五木 糊をつけないのがいちばん贅沢なんです。ところが、かつて庶民階級とか労働者階級は、できれば長持ちさせたいから、糊を濃厚につけた。汚れをなかまでしみ込ませると、いまのように酵素の洗剤はないから、白が黄ばんでくるわけですよ。それを防ぐための苦肉の策。

塩野 つまり実用のためめってことでしょ。

五木 そう。だからできれば贅沢に着るワイシャツは糊をつけない。そのほうが気持ちがいいでしょ。

日本人の買い物観

塩野 ところで、日本で買い物に行きますとね。この服は胸があまり開きすぎてないからいいですよって言うの。だけど、胸もとはうんと開いてるか、それともつまってるかのどっちかであって、その中途半端というデザインは、これ、話にならないわけでね。だからまず、このすすめ方で、私、買わなくなっちゃう。

五木　アッハハハハ。

塩野　それから、もうひとつは、「これは評判がよくて、みなさんお買いになります」と言うんですね。私はみなさんがお買いになられたものは、もう買わなくていいと思っちゃうのね（笑）。どうしてみんなと一緒になりたいんですかって（笑）。

五木　わかる、わかる。

塩野　それなのに日本のおとなの女性は、とかくＰＴＡ的な女の視線を意識して装ってはいませんか。男だって、日本では女の目を意識しておしゃれをしてないんじゃないかと感じるんですね。

五木　男も女もつい、なるべく目立たない格好をするんですね。

塩野　それも、編集者たちでさえよ。社会的にそうしなきゃならない立場の人はしかたがないけど。イタリアで買い物しますでしょう。そのとき、だいたい私の頭のなかで、こういうのをって考えていきますよね。だけど、売り子が、いや、これにはこれがいいと思うって言うわけ。そうすると、私、もう素直に買っちゃうのね。あと、しばしばショーウィンドーに飾ってある、上から下まで、これぜんぶくださいって言うの。

五木　それはもうそうしなきゃだめです。ほんとにこっちのプロがやってるウィンドー・ディスプレーっていうのは、懐《ふところ》さえあたたかければ、ぜんぶまとめて買ったほうがいい。そう思うよ。

塩野　色彩センスがちがうのね。

五木　いつかミラノのスカラ座で『カルメン』をやってたんですよ。美術がフランコ・ゼフィレッツリだったんだけど、その舞台美術のすばらしさっていったらなかった。で、そのまわりに暮らしてる人たちがいるわけでしょう。『カルメン』を上演しているときには、スカラ座の近くの商店街のショーウィンドーが自発的に、赤と黒でディスプレーをずーっとやってました。そういう環境のなかで、子供の頃から育ってきてごらんなさい、それは……。

塩野　センスも養われるわね。

五木　色彩感覚とかの、みんなのレベルが高いんです。

塩野　それが店員にもいえます。

五木　日本だって、明治時代に和魂洋才《わこんようさい》なんていわずに、和服のセンスを祖母から教わり、母から伝えて、子供の頃から見よう見まねで、その組み合わせの感覚を身につけてきていれば、そういう色のセンスももてたはずなんです。百何十年前に、きものから洋服へといっぺんに切り換えさせられたっていうのが、もう日本人の最大の不幸だったと思いますね。

塩野　たしかに、きものの色については本来、日本人はすばらしい色彩感覚をもってますよ。

五木　グレーひとつにしても、利休鼠《りきゅうねずみ》とか銀鼠《ぎんねず》、藍鼠《あいねずみ》とかって、もう何百って種類があるじゃありませんか。

塩野　江戸時代の四十八茶百鼠《しじゅうはっちゃひゃくねずみ》とかってね。

五木　繊細《せんさい》なすばらしい色彩感覚をもってたでしょ。

塩野　そう、きものの場合は、それこそ、まあ、じつに見事な色の配合をするのね。

五木　だけど、洋服でブルーとか、紺のジャケットとかっていうときになると、ちゃんと色が出ないんです。

塩野　洋服になるとだめなんですよ、コーディネートもふくめて。イタリア人のデザイナーって、日本人の十倍、色を見分けるそうです。

五木　やっぱりそうですか。あのセレーノっていうんだっけ、晴朗《せいろう》なるイタリアのブルー。

塩野　ローマの夜空の色みたいなブルーね。

五木　あの色、とても好きなんだけど。ああいう感じのブルーは残念ながら出せないんですね。それは風土なのか、それとも……。でも塩野さん、藍とかはすばらしくいい色が日本にはあるじゃありませんか。それなのに、なぜだろう。

塩野　色ってやはり、いやおうなく歴史なのよ。

五木　色にも洋魂というのがあって、簡単に和魂を洋才に入れただけではできないってことかな。

塩野　日本では、ブランドも一斉に過熱するでしょう。スペイン広場周辺にある、話題のブランドの店に日本人があふれるでしょう。つぎにやってくるのがアジアの経済国のお客さまたち。そのうちなぜか知らないけれど、どうも品質が下がってくる気がするんです。

五木　なるほど。

塩野　それで、私はしだいにそのブランドから遠ざかる。日本で人気に火がついたようなブランドは、このパターンのくり返しですよ。

五木　ぼくがかつて一九六〇年代の半ばに、初めてレオナルド・ダ・ヴィンチ空港に降りて、ローマに来たときは、もういろんな店をのぞいて、それはすごく興奮しました。鞄にはいりきれないぐらい買って帰ったんだけど、最近、両替したお金が残るんだよね。

塩野　お買いにならないわけ？

五木　ひとつには年をとったっていうこともあるんだけど（笑）。

塩野　あとは、なんで？

五木　つまり、日本人全体が、あんまり物を欲しがらなくなってるね。それはたしかにあると思います。

塩野　ほんとに欲しい物を選ぶようになったのなら、それはそれでけっこうなことですよ。

物語のあるイタリアの靴に惚れる

塩野　五木さん、イタリアの靴はいかがですか。

五木　靴の本場、英国の靴とはちがった意味で靴はやはりイタリアがおもしろいですね。こう言うと、日本の靴のメーカーに叱られるかもしれないけど、まだまだ日本の靴はイタリアには追いついていない。

塩野　私、何十年も日本の靴、履《は》いたことないわ。

五木　最近、東京は道が混むものだから、車もあんまり運転しなくなりましてね。いやおうなしに歩かなきゃならない。靴は自分をささえる大事なものだと思ってるから、いまやぼくにとって靴は人生の伴侶《はんりょ》なんです。

塩野　靴は大切よ。洋服よりたいへんで、こちらにいると四六時中、靴を履く暮らしですからね。靴がちゃんとしてないと、顔の表情まで悪くなる。

五木　履く靴で顔つきが変わるっていうのは至言だなあ。ある人が、イタリアの靴を履いてすばらしかったと書いてるんですね。足を靴に入れるときに、シューッと空気の抜ける音がして、その靴を脱ぐときにスポンと音がしたと。たしかにそうなんですね。でも、欲を言えば、靴を履くときにシューッと空気が抜ける音がして、靴を脱ぐときにはスポンと音がして抜けるというのはむしろちょっと行き過ぎかもね。ため息のような、えもいわれぬ微妙な音がするのがほんとうのよい靴でしょう。

塩野 いい靴のフィット感は履いた途端《とたん》にわかるわね。

五木 でも、本来はよい靴に足を合わせるのではなくて、自分の足に合ったよい靴を選ばなきゃいけないんです。よく日本の靴屋さんで、革は履いてるうちに少しずつ伸びてくるので、少しきつすぎるくらいの靴のほうがいいんですよ、なんて言う店員さんがいますね。あれで痛い目にあってる人も少なくないんじゃないのかな。

塩野 とんでもないわ。そんなことしたら靴のかたちが崩れちゃう。

五木 近代の日本の男にとって靴に対する意識は、一般には軍靴から始まってるんです。当時、兵隊が不平を言うと「なに言ってるんだ。足に靴を合わせるんじゃない。足を靴に合わせるのが軍隊だ」と言う。その雰囲気が戦後五十年以上たって、まだ残ってるみたいだね。そうではなくて、足のために靴はあるんだから、自分で履いてみて、どこかが痛いとか、どこかが引っ掛かるような感じのする靴は買うべきじゃない。

塩野 イタリアの靴はそういえば、ほとんど靴ずれっていうのはありませんね。

五木 自分の足に合う靴を探して、自分の靴のタイプをきめてしまえば靴の種類はかぎられてくるけど、それはしかたがない。きょうもジンターラを二足買ったんですけど、具合がいいです。

塩野 ジンターラって聞いたことないけど、男物の靴のブランド？

五木 ブランドというべきかな？　オーナーの姓のLattanziをひっくり返した銘《めい》ですね。小さなアルチザン（職人）の工房がつくる靴です。ローマではヴィア・ボッカ・ディ・レオーネ（ボッカ・レオーネ通り）に店がありましてね。

塩野 お好きなんですか。

五木 足に合うんです。二十年前にイタリアで買った靴も、十何年前に横浜の信濃屋で買った靴も現役でずっと履いてますから。つくった職人のサインが内側にはいってるのも最近じゃめずらしくなってきたけど、当時はあまりなかった。きょうラッタンツィの店で、ぼくがこういうタイプの靴で、この大きさ、色はこれこれ、と言ったら三足もってきた。そのうち二足買ったんですが。それは、この人はこういう靴を履くんだってことをちゃんと見抜いて選んできてるから、あんまりとっかえひっかえさせなくていい。もう、専門家にまかせるという感じでね。

塩野 イタリアでは店のマネージャーが、意外に断固とした職業意識をもってるわけです。

五木 そうみたいですね。

塩野 ええ、それで、あなたはこれを欲しいとおっしゃるけれど、あなたにはこっちがいいと思うなんて言うわけねえ（笑）。

五木 ときにはうるさいと思うこともあるけどね（笑）。しかしいま、ぼくはスタイルより健康のことを優先して考えてるから、日本人の足にとって楽な、自分の足が幸せになれるようなスタイルの靴をという意味のことを、チラッと言ったら、やっぱり選んでくれたのはそういう靴でしたよ。やや先がラウンドしてて、日本でいうと3Eぐらいの幅広、甲高の靴なんです。でも驚いたことに、履くとそういうふうに見えないんだね。けっこうスリムな靴に見えるんですよ。そこが不思議。

塩野 それがイタリアの靴のいちばんすごいところなんです。だから、ゆったりしてるのね。で、どこで留めるか、押さえるかって、技《わざ》をもってる。私もやはり、ブーツといえばここの製品というのがあるんですよ。なにも宣伝する必要はないんだけど（笑）、タニノ・クリスチーのブーツ。

五木 なるほど。

塩野 なぜかっていうと、じつにいい革を使ってるわけ。

五木 わかります。それともうひとつ。靴についていえば、ぼくらは自分で靴を履いて、上からこう見るでしょ。だけど、靴は人が見るんだ。そうすると、靴はつま先を自分に向けて見なきゃいけない。つまり、靴は鏡に向かって映して見ないとほんとうの履いた姿はわからないんだね。

塩野 そうそう。

五木 だから、自分で履いてみて、これは幅広で格好が悪いなと思っても、その靴が他人からどう見えるかというのはぜんぜんちがう。つまり、靴を選ぶときには、履いてる自分の方向からの視点だけじゃなくて、履いてる自分を見てるもうひとりの目になって見なきゃ、いい靴は選べないみたいですね。

塩野 たしかにね。イタリアの靴がすごいなあと思うのは履いていて、足が美しく見えること。日本の場合、なるべく足をきれいに見せるために、ものすごく浅いパンプスがあるんだけど、あれは、かえってまちがいなのよ。ハイヒールを履けば、足がきれいに見えるとばかりもかぎらない。その靴によるから、ともかく履いてみるしかないんです。

五木 しかし靴の仕上げは日本の靴のほうがきれいだと思うんです。イタリアの最上の工

ヴィア・ボッカ・ディ・レオーネ
にある靴店、シルヴァーノ・ラッタンツィで

房の靴でさえも、部分的になんだか釘の打ってある部分がゆがんでたりはする。にもかかわらず、履くと、イタリアの靴のほうがうんと美しいし、快感がある。不思議ですね。

塩野 洋服とおんなじってことですよね。

五木 そう。つまり、靴を履く、足を入れるでしょう。それから靴を脱ぐ、足をこう出すでしょう。そのときに、日本の靴には快楽がないんです。イタリアの靴は、靴を履いたり脱いだりするときに、ほんとにセクシーな快楽があるんですよ。

塩野 紳士靴なんて、特にそうでしょうね。

五木 女性の微妙な部分に裸足で触れてるような（笑）、そういう感じがやっぱり靴にはあるんですよ。靴っていうのは、フロイト的な意味だけでなくても、やはりセックスのシンボルなのかもしれない。ところが、まだ日本の靴は単に、歩くための道具なんですね。そこがちがう。

塩野 やっぱり靴でも、多くのことを心であじわうのねえ。ヨーロッパでは白い靴って非常に敬遠されるんです。

五木 なるほど。日本では白いパンプスってよく見かけますけれどね。

塩野　白い靴はアメリカ人のものというイメージなのね。それに白は膨張色だから、白いストッキングをはいて、白い靴を履くっていうわけにはなかなかいかない。

五木　きれいに見せるというテクニックには二つあって、欠点を隠すというやり方と、欠点を生かしながら魅力的に見せるやり方があるんだけど、後者は超高度なテクニックだから、ふつうの人はあまりやらないほうがいいかもしれない。つまり、自分の欠点をはっきり出せばよくなるんじゃないかって思う人がいるけれど、そうともかぎらない。おしゃれに関してそうとうベテランでなきゃ無理ですよね。

気に入った靴を二足

五木　さらに言えば、日本の靴に欠けてるものは、物語なんです。つまり靴に物語があるか、ないか。

塩野　そうですね、ほんとに。

五木寛之さんが十数年、愛用している靴

五木　どういう若い職人がボローニャならボローニャから、夢をいだいて出てきて、それでたとえば自分の工房をスタートさせて、どのように成功していったかっていうふうな物語ですね。サルヴァトーレ・フェラガモにしても、アメリカのロサンゼルスで名前を売って、映画人たちに愛用されて、グレタ・ガルボがまとめて七十足買ったとか、もうすべてに華麗なストーリーがある。その物語も合わせてぼくらは高い靴を買うわけですから。

塩野　フェラガモ本人が生きていた頃は、グレタ・ガルボも顧客《こきゃく》だったんですよね。でも、いまはね、少し変わりました。

五木　ミドルクラスの上、といった感じで落ち着いた生活感が出てきた（笑）。オメガの時計と同じで、超高価感やキザでなくなったから使いやすいところがいいです。ぼくはひと頃、イタリアのあるメーカーのスリップオンの靴を愛用してたことがあるんですよ。で、その靴そのものは、よくできた靴だけど、そんなにしっくりこない。ところが、イタリアにミレ・ミリアという国際的な車のレースがあるんですけど。

塩野　そう、街中を走るレースなのね。

五木　そのレースを、一九五五年にスターリング・モスというドライバーが制したわけ。

塩野 それで、もうヨーロッパ中が熱狂して、彼を英雄のように讃えたんです。そのとき、彼が履いていたドライビングシューズがそのメーカーのものだった。で、ぼくは昔、車が好きだったものだから、そのブランドの靴をしばらくずーっと履いてたんです。

五木 ドライビングシューズね。

塩野 J・P・トッズの靴なんかも最近、神戸の高校生あたりが履いてますよね。知ってる？

五木 ああ、わかった。スペイン広場の近くで、私の散歩道に店がありますよ（笑）。

塩野 トッズは、ドライビングシューズ・メーカーでもあるんですよ。

五木 あっ、そうなの。

塩野 だから、靴の裏にポチポチとこう、ゴムの突起《とっき》が出てるでしょ。あれはクラッチを踏んだり、ブレーキを踏んだりする操作のためのゴムのイボなんです。トッズの靴は靴底がラバーソールじゃなくて、革にゴムのイボを埋め込むという技術をつくりだして、それで成功したんです。

五木 いまはバッグも置いてるし、靴もいろいろなデザインがあるみたいね。

塩野 トッズなんかもそうですが、ものごとに民族的なストーリーがあるところがおもし

ろいじゃありませんか。

塩野　その物語で買いたくなるわよね。だから、買い物って高ければいいってわけでもないけれど、あんまり安いのは考えものです。私はいつでも、こちらで日本人のお買い物を見ていて、日本人は最高級品にあんまり手が伸びないなあと感じるの。

五木　ああ、なるほど。

塩野　その下あたりを二足買っちゃうんですよね。でなければ、お洋服を二着買うのね。しかし、イタリアのものに関しては、得するイタリアでの買い物というのは、最高級品を買うことなの。

五木　言うは易《やす》く、行うは難し(笑)。

塩野　そういう買い物は、日本で売ってる金額との差が、非常にグッと出てくる。

五木　なるほど。

塩野　それは、イタリア人自体が、最高級品がいちばん似合う。そういうお国柄なんです。

五木　おっしゃる意味、とてもよくわかります。中途半端では勝負しないということですね。

塩野　でもあるとき、私、日本からイタリアへもどる飛行機のなかで、男のかたと席が隣

噴水公園と呼ばれる、ティボリにある
ヴィラ・ディ・エステ（エステ家の屋敷）

りになったわけ。で、そのかたは、靴の踵《かかと》だけを世界中に売ってる会社の人なの。

五木 へえ。靴の踵のプロですか、日本人？

塩野 そう、葛飾区だったかしら、そのあたりでしたよ。なんとねえ、そこの踵はなかなか減らないって言うの。そしたら、フェラガモにセールスしたときに、たいへん苦労したんですって。というのはフェラガモの人がこう言ったんですって。「うちのお客さまは靴の踵が減っても、別に踵を替えないで、その靴はそのままでおしまいにします」と。

五木 やっぱりね。ぼくもそういうふうに使ってます。英国の靴だと何度も修理をして生涯使うこともある。イタリアのものでも、ソールまでとりかえて長くつきあう場合もあるけど、まあ、一般に靴は消耗品だと思って履くのが自然でしょうね。

塩野 私もある意味ではわかるのね。やっぱり靴っていうのは、どんなにすばらしいタニノ・クリスチーでも、靴の踵を替えなきゃならないほどになると、かたちが崩れるんです。だから、私はいい靴だと、二足買っちゃう。

五木 それはもう、同じ靴を一ダースでも何足でも買えれば買いたい（笑）。

塩野 いや、五木さんほど、私はお金持ちじゃないんで、ようやく二足。だけど、二足は

五木　買います。

塩野　それは正しい買い方ですね。

五木　なぜかって、始終履いてると、かたちが絶対崩れてくる。だから、いざというときに、きちんとした靴として履くために、もう一足必要なのよ。

塩野　いまの踵の話で思い出したんだけど、一九六八年にぼくはたまたま、五月革命の真っ最中のパリに出かけていったんです。日本人がみんなブリュッセルに脱出していくなかを、逆に車ではいっていったわけ。いま思うと物好きだったと思いますが（笑）、小説家としてはじっとしていられなくてね。その頃フランスに行ったらぜひ買おうと思ってた靴があったんです。それは、フランソワ・ヴィヨンという靴屋さんの靴。で、リヴゴーシュ（左岸）のほうにある小さな店だと聞いて、なんとかして手に入れようと、もう車がひっくり返って燃えてる市街戦状態のなかを、必死で探してその店に行きました。そしたら外の店がみんなシャッターをおろしているのに、なぜかそこだけ半分開いてたんだ。それでアンクルブーツを買ったんです。

五木　目にうかぶようだわ。若かりし頃の五木さんらしい話ねえ（笑）。

塩野　もう、うれしくてね。その靴を枕もとに置いて、その晩、眠れないわけですよ。靴を手で触《さわ》ったりして、「これがフランソワ・ヴィヨンの靴だ!」とひとりでよろこんでた(笑)。

塩野 私も新しい靴やバッグを買ったりすると、眺め眇《すが》めつしてますよ。

五木 ぼくなんか、買いたての靴はいまでも枕もとに一週間ぐらい置いてます。夜中に靴底を眺めたり、手でこすったり、鼻の脂《あぶら》をつけたりして、いろいろやってますよ(笑)。それで、そのフランソワ・ヴィヨンなんだけど、セミブーツだからファスナーがついてるんです。よく見たらこれが日本のYKK。びっくりした。

塩野 あーっ、それはそう。ファスナーは絶対にYKKがいいから。ファスナーとか靴の踵、そのあたりの日本のレベルってすごいですよ。それはすばらしいことだと思うんですね。世界に誇るそういう健闘のしかたってあると思う。ただね、私の個人的な見解ではあるけれど、やっぱり靴は断じてイタリア。日本の靴屋さんには悪いかもしれないけれど、日本人はほかの面で得意だし、堂々と、靴はイタリアのものを買ったらいいと思うのね。

五木 おしゃれも表現ですからね。なにを選択するか、なにとなにを組み合わせるか、値段と物の価値をどういうふうにバランスをとらせるかということに、おとなはもっとこだわって自分を表現するといいと思うんですが。

スティモラーレ《刺激する》、そんなおしゃれを

塩野 おしゃれのための買い物って、刺激になるんです。イタリア語で言うとスティモラーレ（刺激する）って言うんだけど、自分に刺激をあたえてくれるのね。

五木 スティモラーレか。ひとつ勉強したな。つまり物を所有して、人に自慢するとか、それを一生ため込むとかっていうんじゃないんですね。自分が一生懸命労働して、ぼくらの場合は、原稿用紙をコツコツうずめて得たお金で、物を買うじゃありませんか。そのことで、心が華やぐっていう、それが心をスティモラーレ。

塩野 自分がいちばん、気分がよくなるわけだし、そういう自己投資は素敵なことよ。

五木 特にこの年になってみれば、別にからだに栄養をつけることよりも、心が華やぐっていう瞬間のほうが大事ですから。

塩野　私はマダムのおしゃれというのはそうあればいいと思うのね。なるべく私はブランド名が表に出てない品を選ぶんです。自分が満足するための買い物だから、人にわかってもらわなくともいいわけ。

五木　ただ一方で、若い子が大きくブランド名が出てないといやだっていうのもかわいらしい気がして、頭から軽蔑したりはできないんだな。そういう時期もあっていいんですよ。二十歳《はたち》そこそこの子で、ブランドを隠してわからないほうがいいっていうのは、ちょっと年増っぽいね。それは三十代か四十代ぐらいになってからでいいでしょう（笑）。もうひたむきに、ブランドのロゴを必死でいっぱい身につけてるのも、うんとおとなの目から見ると、切ないけど、かわいいなって思うことがあるでしょ。階級なき国の悲喜劇だとばかにする人も多いけど。昔、伊丹十三《いたみじゅうぞう》が、その頃は一三《いちぞう》だったけど、ルイ・ヴィトンのバッグを切って下駄の鼻緒にして、その下駄で銀座を歩いてた、なんて伝説もありましたね。

塩野　いやあ、かくいう私だって、若い頃はその手の自己顕示欲、強かったですよ（笑）。三十年前のあの頃は、いまみたいにモードの情報が、すぐには日本に伝わらないわけね。

五木 そう、そう。

塩野 私が帰国しますでしょ。その頃はまあ、気負ってたものだから、イタリアの最新モードで到着するわけ。それで出版社の受付へ行ったら、受付の女の子がすぐさまパッと見ましたねえ。

五木 そんなときに、ちゃんと格好を見て、目で驚いてほしいよね（笑）。まわりにそういう敏感な人がやっぱり多いほうがいい。

塩野 おしゃれにはなんていうか、観客が必要よね。

五木 そのとおり。観客が歌い手とか役者を育てるのと同じです。ミラノの街を歩いていて妙《みょう》な街だなあと思うことがある。中年以上の男の人たちがグリーンだとか、オリーブだとか、そういったむずかしい色をほんとに上手に着こなしてるのを見て感心するんですね。そして通りすがりの人たちが、こう行き交うたびに、お互いに目でチラッと見てるんだよ。そんなふうに、ブラブラと街をおしゃれして歩いてることで、街の人がお互いを評価する。まわりの人が称讃の眼差《まなざ》しや、非難の表情で見かわすことによって、みんなが育てられるんだよね。

塩野 イタリアの男のいいところは、パートナーがきちんと素敵な格好をするとうれしいのね。

五木 なるほど。

塩野 普段だったら、運転席から手を伸ばしてドアを開ける程度なのね。ところが、こちらがきちんとした洋服やきものを着てたりするじゃないですか。そうすると、わざわざ降りてまわってきて、ちゃんとドアを開けてくれるわよ。

五木 だからおしゃれというのは、自分が気張っておしゃれをするというよりも、まわりが、おしゃれを十分に評価する社会でないと、おしゃれな人も育たないし、おしゃれもほんとうのカルチュアにならない。

塩野 人に見られることは、美しくなる条件ですよ。タレントや女優はみんな、そうね。

五木 残念ながら日本の場合には、自分で一生懸命おしゃれをする人はけっこういるけれども、周囲がそれをちゃんと評価して、感心したり、素敵だねと言ってくれたりする、そういう刺激がぜんぜん欠けていると思う。

塩野 そうです。そもそも女というのは、ほめられるときれいになるんですから。

五木 たとえば日本というのは拍手のしかたが悪いでしょ。ほめることを惜しむんですよ。

塩野 怠けるというかね。

五木 だいたい美しいものや、才能に対しての称讃がすごいケチなんだ。スポーツを除いてはね。

塩野 それはわれわれに対する書評を見ればわかります（笑）。ほめてるのかほめてないのかわからないという……。私はけなすかほめるかどっちかだと思うけど（笑）。

五木 おっしゃるとおり（笑）。ともかく、おとなになったら、ちゃんとおしゃれをしなきゃいけないってことですね。

塩野 お金を妙に惜しまずにね。だって、高級なものには高級である理由がありません？

五木 値段に関係なくね。たとえば買ったときに、こんなに高いのに、どうも使い勝手が悪いと思うことがあって、長いことほったらかしにしておく場合がありますよね。でも、結局、あとからそれを取り出して使ってみて、やっぱりこれはいいと感心したりする。あのとき高いお金を払ったのは無駄ではなかったと、納得することがあります。

塩野 一見では、わからないようなよさを備えてますからね。

五木 そう、人間が、目に見えないような熱情をそそいでつくった製品に、値段はつけられないところがあるんです。だから、そういうものを欲しがる人間はあんまり、値切るべきじゃない。

塩野　そうそう、値切っちゃいけないものがあるの。

五木　物と場所によりますけどね。外国へ行けば、なんでも値切ればいいと思う人がいるけれど、そうじゃない。

塩野　宝石と毛皮は絶対、値切らないほうがいい。なぜなら、これらには素人《しろうと》にはわからない差があって、結局、向こうは安いものを高く売りつけようと思えば、できるわけです。彼らをその気分にさせないために、値切らないほうがいいんですね。

バッグへの愛着

塩野　ところで、男の人にとってバッグは興味の対象ですか。

五木　ぼくはフェティッシュなぐらいに、バッグにも興味があるんですね。ちょっとおかしな話をしますけど、ドイツのバッグで、いまはつくってないらしいけど、カラッチオラという製品があったんだよね。これはゴールドファイルというポピュラーなブランドのなかのカラッチオラという銘柄なんですが。

塩野 それは男物のバッグ？

五木 男物のバッグなんです。ぼくはずいぶん愛用してるんですけどね。生成《きな》りで、ちょっと黄色っぽいぐにゃっとした革のボストン。

塩野 カラッチオラって、なにかイタリア語みたいね。

五木 そうだなあ。でもこれはドイツの国民的英雄と言われたレーサーの名前なんです。ファシズムが勃興《ぼっこう》する前からヒトラーの時代にかけて、他国のレーサーが独占していたレースの記録を、ドイツのルドルフ・カラッチオラがメルツェデスにのって、片っぱしから塗り替えていくわけ。それで、もうドイツ人は歓喜して、子供たちはさしずめカラッチオラを、いまの日本ならイチローよりすごい人だと思っていた。当時、ダイムラー・ベンツ社がグロウサーという巨大な王侯貴族だけのための車をつくるわけです。怪物のような車。戦前の日本の天皇の御料車《ごりょうしゃ》もそのひとつですね。で、ヒトラーもそれをオーダーするんです。でも、時間をかけてつくるから、なかなかでき上がらないんですよ。ヒトラーはイライラして、「まだできないのか。

ベンツ社をつぶすぞ」なんて脅しをかけるんだ。そうこうするうちに、やっとでき上がるんだけれども、きっとガミガミ言われるんじゃないかって怖がって、ヒトラーのところへ、車をとどける人がいないんです。そのときに、カラッチオラが起用されて、彼がドライブして、ヒトラーの官邸までその新車を運んでいくんですね。

塩野 うんうん、おもしろい。

五木 そしたら、案の定、ヒトラーはいま頃もってきたのかってすごく機嫌が悪い。でも、お付きの人がカラッチオラ氏が自《みずか》ら運んできましたと伝えると、ヒトラーはびっくりして、外へ駆け出してきて、握手をして、「一生に一度でいいから、あなたの運転する車の隣りに座ってみたいと思っていた。もしよければあなたの運転で官邸のまわりをひとまわりしてみたいのだが」と頼むんですよ。カラッチオラは「かしこまりました、総統閣下《そうとうかっか》」と言って、その車でグルッとひとまわりする。ヒトラーはまるで少年のように頬を紅潮させて、「私の年来の夢をかなえてくれて、ありがとう」と丁重《ていちょう》に礼を言ったという。当時のカラッチオラはそれくらいの英雄だったそうです。鋼鉄《こうてつ》の騎士と言われた人。その彼の名前をつけたバッグのシリーズがあるんです。

塩野 へぇ、知らなかったわ。

五木 これはすごくおもしろい。ドイツ人にとって、車っていうのは単なるマシンじゃないんですね。ある意味で、ドイツ人にとって機械は魂《たましい》なんですよ。たとえばローマの空港がレオナルド・ダ・ヴィンチ空港っていうでしょう。アメリカじゃケネディ空港。フランスはバッグにケリーとかバーキンとか顧客の名前をつける。イタリアでは敬愛する芸術家、アーチストの名前を公共の建物などに冠《かん》する。それと同じくらい、ドイツではレーサーとか、エンジニアとかっていうものが、ドイツ人の誇りなんですね。

塩野 だから名前が冠されるんですね。

五木 そうなんです。カラッチオラっていう名前がついてるんで、若い頃、ぼくはそのバッグをよろこんで使ってたわけ。

塩野 そのために?

五木 うん、そのためだけに。

塩野 ハハハハッ、名前がよかったと。

五木 そうか、これがヒトラーでさえも一目置いた名レーサーの名前を冠したバッグなんだって思ってね。

塩野　そのバッグ、いいんですか。

五木　そこそこですね。ふちが傷み易くて、まあ、必ずしも断然いいってことはないけれども、そこにまつわる物語がそれを補ってくれるわけですよ。

塩野　けっこう、けっこう、それはたいへんよくわかります（笑）。私も似たようなことがしばしばありますのよ。

五木　本来、バッグは丈夫でありさえすればいいっていうのは、イギリス人の考え方で、イタリアのバッグよりはドイツやフランスのバッグのほうが長もちする。そう思いませんか。

塩野　そうねえ、男とちがって女の場合はね、ハンドバッグを洋服に合わせて替えなきゃいけないから、丈夫さの価値が少し、ちがってきますよね。

五木　イタリアのバッグは美しいけれども、その美しさにはやはり無常観といいますか、うつろうものの美しさがあるんですね。

塩野　だから、そんなに私はすばらしく高価なハンドバッグを買う趣味はないんです。それに、ここでは、ひったくられたりするじゃないですか。そのときに、一週間ぐらい悲しんじゃうというのは、それを買う資格はないと思うのね。まあ、せめて、二日ぐらい悲しむ程度のハンドバッグしかもたない。

五木 それはひとつの見識ですよね。バルセロナでは、泥棒のあいだでロエベの店の紙袋をさげてる日本人を狙えって言うらしい。

塩野 五木さんのそのセカンドバッグはロエベですか？

五木 ええ。これは十五年使ってるんですけど。ずいぶんくたくたでしょ。

塩野 そうは見えませんね。

五木 昔のロエベって革がよかったんですね。最近はちょっと、以前とちがうと思いますけど。これは一回の手入れもしてないんですよ。ただ服の袖でこするだけ（笑）。でも、ぜんぜんどこも傷まない。ただ、ものの考え方には二つあって、英国流にひとつの品をずーっと生涯死ぬまで愛用していって、エイジングというか、愛着が出てくるのがよろこびというのと、それから一瞬のよろこびであってもいいから、うつろいやすい美を愛《め》でるというのと、二通りあるでしょう。

塩野 私、欲張りだから両方（笑）。

五木 それは両方あれば、それに越したことはない（笑）。

塩野　女の場合、バッグはひとつあればことたりるってことにはならないですものね。洋服とシーンに合わせて、替えていくものなんです。

五木　すると、バッグはわき役ですか。ところが、日本の場合、一点豪華主義というか、ケリーだ、バーキンだと、それ自体が主役扱いでしょ。

塩野　ただ五木さん、バッグはきものの帯みたいな役目をするんですよ。つまり帯によって、きものの格がちがってくるでしょう。それと同じで、やっぱりバッグは大切。いいドレスを着たときに、つまんないバッグをもってると形なしになる。そういうことがあるわけです。お金はかけたくないけれども、それだけの価値と魅力はバッグにあるんです。

五木　なるほど。それはたしかだな。ぼくは、一週間のうち四日は旅行というぐらい動きまわってるでしょう。最近は空港が大きくなったために、チェックインしてから、空港で歩く距離がやたら長いんです。ぼくは鞄のなかに書斎をもち歩いてるようなもんだから、本をたくさん入れていて鞄がやたら重い。そうなってくると、引っ張ることのできるキャリーバンで、しかも軽いものってことになる。で、結局、いまいちばん愛用してるのは、日本のマルエムという製品なんですけど。

塩野 なんだか、ちょっと意外ね。

五木 一万円ちょっとの値段なんだ。

塩野 ヘェーッ。

五木 どこのバッグよりもとにかく使い勝手がいい。引っ張れるし、しかも、バッグ自体、もう小指でもてるぐらい軽いんです。機内もち込みも、断られたことなし。で、壊《こわ》れない、値段が安いと。ぼくはひそかにマルエムはすごいと尊敬してる。だいたい名前がすごいでしょう（笑）。なんだかローカルっぽくていいよね。だから、YKKと一緒で、ぼく、松崎という会社のマルエムは世界に誇れると思います。ただ、手頃な価格のバッグだから、みんなもってるじゃないですか。でもどこか一点、ほかの人とちがうようにしたいわけですよ。それで、プラハのホテル・エスプロナーデなんていういまはなき古風なホテルでもらったステッカーを貼ってるんですが、そうすると外見がガラッとちがって見えてくる（笑）。

塩野 ハッハハハハ、おしゃれねえ。

五木 それも、ホテル・リッツとかじゃなくて、東ヨーロッパのブダペストとか、イスタンブールのチュラーン・パレス・ケンピンスキーとか、そういうところのホテルのステッカーを貼るほうがいい。

塩野 おしゃれでキザだわ（笑）。

五木 安上がりのキザ。でも、自分で楽しんでるんだからいいじゃないですか（笑）。人生は遊びだもの。

塩野 そうそう。

五木 手頃なバッグを、自分らしい持ち物にしていくのも、またおもしろいですよ。

塩野 私は、たまにすばらしいバッグを見つけて買うでしょう。そうすると、さっきの五木さんの靴みたいに、三、四日、書斎のわきの机に置いて、こう見てるのね。すると、これをもつときにはあのドレスをって、イメージがわいてくるじゃないですか。それぐらいのちょっとした存在感のある、刺激的なバッグが好きなんです。

五木 有名なブランド品や値段の高いバッグが丈夫かといえば、必ずしもそうじゃないですね。昔ハンティング・ワールドが流行《はや》った頃、あのマークが目立つのがいやで、どこにもなにもついてないボストンを見つけて買ったんですが、これはもちましたね。傷んできたんで、直してもらったら、まだ使える。某有名ブランドのバッグは、ひと月でさげ手が壊れた。まあ、いろいろあるからおもしろいんですね。

古い物の背後にさす物語の輝き

五木 塩野さんのきょうの服の色は、ほんとに目の覚めるようなきれいな紫ですね。

塩野 二十年前のフェラガモです。上着のニットはフェラガモなんだけど、スカートは色を合わせて誂《あつら》えたの。

五木 とてもイタリアっぽい味がある。よくお似合いですよ。

塩野 ありがとうございます。いま、首にしてるこのチョーカーは、じつは母の帯留めだったんですのよ。

五木 へえ。ぜんぜん帯留めには見えないなあ。すごくしっくりきてる。翡翠《ひすい》に彫刻がしてあるんですか？

塩野 そう、私はきもののときは帯締めを結び留めにして、帯留めはつけないので、使わない帯留めを三連のパールにつけてチョーカーにしてみたんです。

五木 おもしろいですね。帯留めといえば、昔、ぼくは舞踊家の武原《たけはら》はんさんと月に一度ずつ会ってた時期があった。武原さんのなさっていた料亭で対談をやっていたものですから。はんさんは当時すでに七十歳を過ぎてらしたはずだけど、いつも素敵な帯留めをしておられたことを憶えています。あるとき、銀色の鹿と葡萄《ぶどう》模様の組み合わせの帯留めだったんですよ。「その帯留め、素敵ですね。とてもモダンだけど、きょうのきものによく合ってますよ」と言ったら、「これ、大佛次郎《おさらぎじろう》さんからおみやげにジョージ・ジェンセンのブローチをいただいたんですけど、私は洋服を着ないから、細工してもらって帯留めにしたんです」っておっしゃってた。

塩野 ああっ、私と逆ね（笑）。まあ、同じ発想ですけれど。

五木 ええ。それもまた、すばらしく似合ってました。そのときに武原はんさんが、五木さん、よくほめてくれたわね、とうれしそうに言われた。自分で一生懸命工夫して帯留めにして、この帯に合わせたんだけど、ほめてくれたのは加藤唐九郎《かとうとうくろう》さんと五木さんだけよ、って言われました。日本の男の人はなにも見てくれへんと言うんですよ。

塩野 武原さんはきれいなかただったでしょう。

五木 それは素敵だった。シャンとしてたし、いつまでも色気があったもの。ぼくは何世代も年上の女の人で、一夜、ともに寄り添って寝てみたいと思ったのはあの人ぐらいです（笑）。

塩野 悪くないですねえ、武原はんさんのような艶《つや》のある生涯も。

五木 それは、小林秀雄《こばやしひでお》や青山二郎《あおやまじろう》をはじめ、錚々《そうそう》たるボーイフレンドがまわりにいらしたわけですから。つまりあの人は女性をきちんと評価する男の人に育てられた人なんですよ。最初からダイヤモンドだったかどうかわからないけれど、武原はんさんをあそこまで磨き上げた男たちがいたんです。おしゃれっていうのは相対的なもので、見てくれてそれを十分に評価してくれる人たちがいないとだめ。単独でおしゃれは育たないでしょ。日本の場合、たとえ何人かの人間ががんばっても、いいなあと思ったら口に出してほめるという雰囲気がなぜか全体的にないんです。そういう表現をすると、キザなやつだって言われて男社会から白い眼で見られるのがふつうですから。

塩野 日本人はほめないわね。だけどね、三十五歳以下はときどき言うかなあ（笑）。いや、概して男は言わないですねえ。

五木 ぼくは基本的にまず、女性を見る目が育ってないと思う。

塩野 だから、言っちゃいけないと思うのかしらね、そういうこともある……。

五木 塩野さんは本来的にすごくおしゃれですよね。きのうときょうと、また指輪がちがう。きのうの指輪も素敵でしたけど。あの大きな石はなんですか？

塩野 あれは翡翠と黒曜石《こくようせき》。石だけいただいたんです。カルティエでパンテールとかの目の部分に使われる宝石ですよ。

五木 ああ、豹のブローチの目などに使われてる石ですね。それにしても立派な石だったな。

昼下がりの気分転換

塩野 ローマでは、私がこういうデザインにしたらどうかって言うと、その相談にちゃんとのってくれて、つくってくれる宝石のプロがいるんですよ。あの指輪はアール・デコのデザインにしたのね。

五木 へえ、ご自分でデザインをされるわけ？

塩野 ええ、まあ、ストレス解消としてね。私はじつに女性的に、ストレスを解消してるんです（笑）。

五木 塩野さんのイメージと、ちょっとちがうんじゃない（笑）。

塩野 なぜかっていえば、指輪はつけていても、自分で眺めて楽しめるのね。

五木 そうか、ブローチやイヤリングは自分では見えないから。あの指輪、大きな翡翠の真ん中にダイヤモンドがはいってたでしょう。

塩野 そう、あの石に穴を開けるのは罪悪だと言われたけれど（笑）、中央部にダイヤをはめ込んでいます。執筆《しっぴつ》を終えて午後、昼下がりになると、私はそういう宝石店に行って、「こういうのをつくってみたいんだけど」なんて、そんなことやってるの。

五木 しかし、それはすごく贅沢《ぜいたく》な気分転換だな。

塩野 ええ、そうそう。気分転換をしているんです、ほんと。でも、お金がかかるんですよ（笑）。

五木 いや、お金は墓場にもっていけるわけじゃないしね。いいんですよ、はいってきただけジャブジャブ使って。

塩野 それにどうせ、あなたねえ、あと二十年も生きられない。いまでもいい年だから、あと十年ぐらいたったら、もうおばあさんになってるわよなんて、自分にいいわけしながらね（笑）。

五木 やっぱり好きなことをできるうちになんでもしておくほうがいい。でも自分の身に

つけるものを自分でデザインするっていうのは素敵ですね。ぼくが安物の鞄に旅先のステッカーを貼って勝手によろこんでるのとは大ちがいだ（笑）。

塩野 あのね、宝石も日本の場合、ある意味で伝統がないのね。家代々の宝石というのはだいたいないでしょう。

五木 一般にはないね。ぼくの家に代々あったのは位牌《いはい》ぐらい（笑）。

塩野 日本女性がイブニングドレスを着るむずかしさは、ジュエリーをもっていないということにも通じるんですのね。代々伝わる宝石なんてたいていないんですもの。ローブ・デコルテを着ると胸もとが貧弱だという体型的な難点も多少はあるかもしれないけれど。きものはその点、ジュエリーがなくても大丈夫なのね。

五木 ふーん。女性はたいへんだなあ（笑）。宝石はぜんぜん、ぼくは縁がないんです。昔一時期、開高健《かいこうたけし》が宝石に凝って、本も書いてましたけど。

塩野 そうでしたっけ。伝統がないから、宝石を身につける経験も少なくて、選びようもないのね。だから、けっこう日本ではだまされちゃうのね。男の人も宝石にはだまされ易《やす》いですよ。

五木 きょうのその指輪はなんですか？

塩野 これは一九二〇年代のカルティエですの。

五木 古い物の写真や解説をのせたカルティエ・ブックみたいな本がありますよね。

塩野 ありますね。私、あの時代に一時、凝ったんですよ。一九三〇年代の終わり頃になるとカルティエが変わってくるのね、シンプソン夫人の影響で。一九二〇年代のカルティエやティファニーは、ダイヤモンドのカットが昔ながらのカットで、それもとびきりいい石を使ってるの。特にカルティエはすぐれていました。

五木 ぼくも一九二〇年代のものは好きなんですよ。椅子とか、クラフト的な品だとなおさらです。

塩野 そう、一種の工芸品ですよ。私がつけているこんな指輪は財産でもなんでもないもの。

五木 だけど、それもひとつの歴史だから。ぼくが興味深いのはアール・ヌーヴォーの時代に、たとえばあのルネ・ラリックが初めて宝石のデザインをしてるんですね。最初はサラ・ベルナールとかのために。そのうちに、アール・デコの時代にうつっていくと、それまでの宝石からガラスとかセルロイドとか安価なものに素材が変わってくるわけです。その過程がとてもおもしろい。

塩野さんの指輪から

塩野 アール・デコもいいですよ。

五木 ぼくも好きですね。

塩野 黒曜石やクリスタル、半貴石《はんきせき》などを使ったもので、やはりデザインがいいんですよ。

五木 それに素材そのものに新しい時代の息吹が感じられる。

塩野 でも、そのようなジュエリーは財産ではないんですよ。財産として宝石をもちたければ、ニューヨーク市場にいちばんいいものが出てくるから、あそこで最高級品の宝石を買って、加工せずに石のまま銀行の金庫に置いておく、これしかない。

五木 なるほど。

塩野 私がもってるようなのは、たいしたことないんですのよ。

五木 いや、やはり物語を感じさせるところがある。ティファニーっていうのは、いまの日本の若い男の子たちは、ガールフレンドに贈る、ほどほどの指輪なんかを売ってる店だと思ってるけれど、二代目のルイス・コンフォート・ティファニーという人は、洋画家になるためにパリに留学したんだ。彼はパリで油絵を勉強するんだけど、結局、本格絵画の才能がなかったんでしょうね。やがて、親父さんの会社にもどって、ステンドグラスの壁画なんかを制作する。その過程で、ガラスくずがいっぱい出てくるでしょう。そのガラスくずを利用して、いろんなランプシェードをつくったんです。

塩野 有名なランプシェードですね。

五木 ちょっとぼくの趣味には合わないですけど。でも、彼は晩年、「ティファニーの家」というのを建てたりして、芸術家と実業家の二足のわらじを履《は》く。はた目には実業家として恵まれつつ、内面では挫折《ざせつ》した芸術家のさびしさをだいて生きた人でした。

塩野 おもしろい人生ですよね。

五木 ティファニーというひとつのブランドの名前の背後に、ひとりの人間の人生があるっていうのをわかって商品を買ったら、もっとおもしろいと思う。

塩野 だってその背景が、ブランドとアンティークをささえるんですよ。まあ、アンティークといっても、ほんというと、それは単なる古物にすぎないんだけど。

五木 アンティークとまでいわなくても、一九二〇年代、一九三〇年代のものに対してはなんとなく好奇心があります。

塩野 一九二〇年代、一九三〇年代のものは、もう完全にアンティークですよ。いま、私が欲しくてアンティークとして出るのを待ってるのは、一九五〇年代のピアジェ。

塩野さんの宝飾

外わくがプラチナで文字盤が黒の、長方形の時計。

一九三一年生まれの時計

五木 時計がすばらしいのは、一九三〇年代、一九五〇年代、一九六〇年代くらいですね。一九七〇年代以降はクォーツに押されて世界の時計界が一時停滞《ていたい》する時期があった。

塩野 そう、クォーツは実用的でいいというだけ。このあいだもうひとつ、ちょっと心が動いたのは、ヴァセロン・コンスタンティンの一九三〇年代のもの。それはしかも、八角形の時計。

五木 塩野さんがなさっているその時計は？

塩野 これは、あなた、女流文学賞でくださったから使ってるというだけで（笑）。

五木 女流文学賞のときにはなにをくれたんですか？

塩野 これは、デュポンの時計。万年筆もデュポンでした。それからミキモトが真珠の指輪を。ローマまでミキモトが電話をかけてきたわ、指輪のサイズを聞くためにね(笑)。あと私は、今世紀にはいる前の金の懐中時計を直したのをもってたりね。

五木 ぼくも時計にしろ、なにかひとつ、ブランドとか値段に関係なく、いちばん気に入った時計をずーっと一生、身につけていたいと思うんですけれども、それがまだ見つからないんです。

塩野 五木さん、アンティークはどう？　古くても、完璧に動くのよ。

五木 昔、チューリッヒに行ったときに、裏町の小さな店で一九三二年製の手巻きのジャガー・ルクルトを買ったんです。たいして高い時計じゃないんですよ、平凡な市民的なデザインで。なぜ買ったかといえば、ぼくが一九三二年生まれだから。世代を超えて、おまえも動いてるか、おれもなんとか動いてるよ(笑)、という気持ちでね。まあ、あの時計がいつまで動くかわからないけれども。

塩野 いや、動きますよ。

五木 ときどきネジを巻いて、耳に当ててチクタクという音を聞く。ほっとしますね。

塩野 そうそう、クォーツじゃないから、ネジを巻かなきゃならない。でも、毎日一定の時刻にネジを巻くというのも、悪くないですよ。

trasporta il figlio Memnone
zza di S. Maria di Capua) – Parigi, Louvre
(fot. Alinari)

ressa soprattutto l'interno
e trasporta l'ucciso
terno in Gia
ama

li
m
e
in
narc
Negli
sue v
terati,
dedicò
della B

右＝塩野さんの宝飾から
左＝ヴィア・ディ・コンドッティ
にあるカフェ・グレコで

五木　その時計はちょうど自分が生まれた昭和七年（一九三二年）にこの世に出たわけでしょ。同じ年におまえも誕生したんだな、そういう愛情があるから、ほんとうは三年に一度くらいはメンテナンスに出さなきゃいけないんですけど、あえて出さない。ぼくもできるかぎり病院に行かないようにしてるから（笑）。そっちもがんばれよ、おれもなんとかおまえに負けずに生きていくからな、って、どこか親友のような同志感がありますね。これがけっこうがんばって動いてるんです。

塩野　そういうのって素敵ですよ。私は執念《しゅうねん》深いから（笑）、一九五〇年代のピアジェが店に出るのを、きっとまだ待つんじゃない。ヨーロッパではわりと出てくるんですよ。やはりわかる人がいるからだと思うの。このあいだも、そのピアジェが出たと聞いて、お店に電話をかけたら、数分前に買われちゃってた。

五木　ブランドのイメージというのもまた、日本とヨーロッパではずいぶんちがう場合がありますね。たとえばパテック・フィリップなどという超有名な時計も、日本ではちょっと成金趣味な時計のように見られているじゃありませんか。でも、パテックはトルストイやチャイコフスキーやワーグナーも愛用した時計だっていう話を聞くと、イメージまで変わってくるでしょう。なぜか日本では野球選手がよくはめてるけど（笑）。

塩野 あの時代は、時計もいまとはちがったつくりで、まさに動く工芸品ですよ。

五木 ぼくたちがいま、お茶を飲んでるこのカフェ・グレコだって、この店のあの椅子にゴーゴリが座ったなんていう伝説があるから、やっぱりいいんじゃないかなあ。ツルゲーネフとか、昔のそういう作家たちがはるばるロシアから憧れのローマへやってきて、この席に座ったかと思うと、なにがしかありがたい感じがするわけです。それがなければ、内装だってどっちかといえば単なる観光名所だよね。奥の部屋なんか悪趣味だし（笑）。

塩野 そうですよ。だいたい三百年もたっているのに、いまさら、奥の部屋は禁煙なんて言いますけれどねえ（笑）。もはや煙草《たばこ》の煙ぐらいでどうなるもんじゃないと、私は思うのよ。

五木 塩野さん、いま、煙草吸えなくて大丈夫ですか。

塩野 大丈夫。対談中は辛抱《しんぼう》いたします。

五木 この店は煙草にうるさいけれど、昔はカフェで飲むコーヒーもチョコレートも麻薬と同じちょっと反道徳的な刺激物だったんですよね。

上＝五木寛之さんが作家デビューした1966年の記念品の時計
下＝チューリッヒで買った、五木さんと同じ1932年生まれの手巻き時計

塩野 そう、ココアとかね。

五木 ウィーンのココアなんてそうですよね。好色な飲料だった。フロイトなんかもだけど、当時のウィーンのインテリたちは阿片《あへん》やコカインなどをみんな好んで愛用してたんです。

塩野 まあ、始終やってたわけじゃないでしょうけれど、ときどき刺激物を好むって感じよね。いまの話ですけれど、当時の作家たちはみんな、イタリアにやってきたのね。ロマン・ロランなんかもここに滞在しましたとかって。

五木 ロマン・ロランは賭博場のあるところはだいたい行ってるんですよね。『どん底』のゴーリキーだって放浪者あがりの労働者作家で、旧ソ連の作家同盟のお偉方でもあって、彼のイメージではイタリア好みには見えないのに、彼はイタリア大好きだった。

塩野 ゴーリキーはカプリにも行ってますよ。カプリって、ブルジョワ趣味の極みなのに。

五木 レーニンから帰ってこいと盛んに呼び出しをくって、しぶしぶモスクワに帰ったっていう人ですから。ゴーリキーはほんとにとってもイタリアが好きだった。

塩野 フィレンツェの私が住んでいた家から、坂を少しのぼったところにチャイコフスキーがいたっていう家があったの。それから、うちから下がったピッティ宮の近くに、ドストエフスキーが住んで『白痴』を書いたっていうところがありましたね。

五木　へえ。そんなところあるの？　それは、知らなかったな。

塩野　でも、ドストエフスキーの住んでいた家の痕跡《こんせき》はなにもなくてね、これはやっぱり、チャイコフスキーとドストエフスキーの経済状態のちがいであったかなんて思っちゃったりして。私はもう、ドストエフスキーにいたく同情したわけよ（笑）。

古代『ローマの休日』を歩く

五木　ここが古代ローマの中心地、フォロ・ロマーノですね。フォーラムが思いのほか広いんだなあ。これで、人の演説の声がちゃんと全体に通っていたんでしょうか。

塩野　はい、ここはなにも政治経済の中心地なばかりでなく、学校もあり、子供たちだっていたんです。古代ローマの小・中等教育はぜんぶ、私塾でしたから。ここに来ると、私はこの遺跡のもとの姿が目にうかぶの。ローマ時代そのままの姿を想像してみるんですね。

五木　塩野さんは歴史をありありと目で見てるんですね。しかし、フォロ・ロマーノはやっぱりたいしたものだ。歳月を超えて、よく残ってる。このあたりには住宅もあったんですか。

塩野　あちらの丘の上がね、高級住宅地でしたの。ちょっとした眺めですのよ。五木さん、いらしてみない。私がフォロ・ロマーノをおとずれるのは、あそこまでのぼって眺めを楽しむためでもあるんです。

五木　やはり古代から金持ちは眺めのいいところに住むわけですね。塩野さん、ぼくたちが歩いているこの石畳《いしだたみ》の道も、当時の石なの？

塩野　そうよ。

五木 ひとつひとつが見事に大きな石だ。すごいですね。

塩野 この石がすごいのはね、大きな石は表に出ている面積と同じだけの深さがこの下に埋まってることなんです。

五木 ほう。

塩野 なぜかっていうと、そうしないとどうしても石が動くんです。石畳の石ってどれも埋まってる部分が深いですよ。五木さん、着きました、ここがローマ時代の高級住宅地、パラティーノ。

五木 ああ、ほんとに眺めのいいところだ。眼下にフォロ・ロマーノが広がって。

塩野 私はいつもここの同じ道を我が『ローマ人の物語』の主役たち、カエサルやアウグストゥスがほんとに歩いていたんだなあって思いながら散歩してるんです。

五木 塩野さんはいつもローマ時代の英雄とともに暮らしてらっしゃるんですね。

塩野 死者とともに生きております（笑）。あの右の建物が市庁舎です。特別に許可をいただいたからご案内しましょう。フォロ・ロマーノのわきの坂道をのぼるとカンピドーリオ広場と市庁舎に出ます。

五木 カンピドーリオ広場はたしかミケランジェロの設計でしたっけ。

塩野　そうです。広場の真ん中にあるマルクス・アウレリウス帝の騎馬像も、あれはレプリカですけれど、長いあいだほうっておかれたものをミケランジェロがここへもってきて、それでこのような広場にデザインしたわけ。もちろんミケランジェロは、完成を見ないで死んじゃいましたけどね。

五木　最初の案はすべてミケランジェロですか。

塩野　そう、ぜんぶ彼がデザインした。敷石にいたるまでね。上から眺めると非常に計算されていて、見事なもんですよ。あそこに鐘楼《しょうろう》があるでしょ。あれは中世に、教会として使われていたという証拠です。五木さん、このローマ市庁舎のなかの市議会議場には、現存するたったひとつのカエサルの立像があるんですよ。

五木　ローマ時代のカエサル像がひとつだけ残ってるわけですか。

塩野　ええ、なぜ、それを市議会議場に置いているのか、おおいに不満なんですけれどね。たいした論議もしてない議場に、たったひとつのユリウス・カエサルの立像をなぜ置かなければいけないのか（笑）。

五木　なぜ、ひとつだけ残ったんだろう？

塩野　ローマ時代以降、像はやたらと壊《こわ》されたでしょう。それでもなお、残っているというのは、やはり多くつくられたってことなんですね。

五木 なるほど。

塩野 それで、いちばん多く残っているのはアウグストゥスの像なんです。像というのは宣伝効果も狙っていますから、当時はローマ帝国であった現代の各国に残っている。カエサルの場合は非常にスタートがおそかったものですから、残っている像も少ないのね。ここが議場ですわ。

五木 おや、この議場は左右に席が分かれていて、イギリス風ですね。

塩野 それは古代のローマの元老院がこうなの。ここでも、だから市議会といわずにセナートっていうんですよ。セナートゥス、元老院っていう意味のラテン語のイタリア読み。

五木 イギリスが古代ローマをまねしたわけですね。

塩野 日本の国会にあるような中央の演壇はないんです。発言者はみんな、真ん中に出てきて話す。

五木 これが唯一残っているカエサルの立像ですね。いつ頃につくられたものですか。

塩野 できたのはトライアヌス帝の時代、紀元一〇〇年前後の作といわれていますね。

五木　しかし、ここは現在、使ってる議場でしょう。そこに置いてあるというのもすごいもんですね。作品としても、これはなかなか、いい像じゃありませんか。

古代ローマの男たち

塩野　このカエサルの立像を見てもわかるとおり、古代ローマの男はあの格好、つまり腕を隠しちゃいけなかったのね。

五木　なるほど。

塩野　足も出てるわけ。

五木　ミニスカート。

塩野　マントははおりましたけれど、あの格好でブリタニア（現イギリス）あたりまで行ったのかと思うと、私、ほんと、かわいそうになっちゃうけど。

五木　うんと肉体を露出してるほうが雄々《おお》しい、というのが当時の感覚だったんですね。

塩野　そう、隠すのはめめしいってことになるんですよ。トーガ(古代ローマ市民の長衣)を巻きつけてるだけ。パンティはどうしてたんだろうなと思うんだけど、そういうみっともないことは、まだだれも研究してくれない（笑)。アウグストゥスは非常にからだが弱くて、すぐ風邪をひくんです。

五木　この薄着じゃ無理もない（笑)。

塩野　で、この下に、いわゆる綿の下着の短衣を四枚も重ね着したっていうのね(笑)。だいたいズボンというのは、北方蛮族《ばんぞく》の習慣なんですよ。だから、当時はローマ男たるもの、絶対にズボンをはくなんてことはできないわけ。

五木　伊達《だて》の薄着。

塩野　二の腕を出して、古代ローマの男たちはがんばってたわけですよ。

五木　ひょっとしたら、スコットランドの男たちがスカートをはくのも、古代ローマへの憧れかもしれませんね。

塩野　どうなんでしょうね。でも、たしかにしばらくは北のほうの人間はズボンをはいていたけれども、だんだんトーガ風のスタイルになっていく。

五木　この格好はやはりあたたかいところならいいけど、寒い国じゃちょっとつらいよ。

塩野 そう思うでしょ。でも、寒いなんて言っちゃ、いけなかったのよ。

五木 それにあの足もと、サンダルでしょ。

塩野 あれはやはりね、寒いと凍傷を起こすので、サンダルを履《は》く前に、まず布を巻きつけたのね。

五木 ゲートルをしてるわけですね。

塩野 そうそう、兵士たちはね。あの姿は戦闘のための軍装ですから。一方、古代ローマの女の人の長衣は腕が隠れるようになってるわけ。

五木 なるほど。

塩野 ローマ時代を描くハリウッド映画で女優の衣装が腕を出してるのは、あれはもう完全に映画的効果を考えたものでして。それから、よく百人隊長まで紅のマントというのも映画の世界の話。

五木 日本でも緋縅《ひおどし》のよろいなんていうのがありましたね。

塩野 どうしてかっていうと味方と敵の両方によく目立ってわかるようになんですけれど、紅に染めるのは東西ともに値段が高い、高価な染色でしたからね。

五木 カエサルは身長、どのくらいだったんですか。

ローマ市庁舎にある市議会議場
「シーザー（カエサル）の間」（非公開）

塩野　カエサルは百八十センチは超えてたわね。

五木　大きかったんだなあ。

塩野　でもアウグストゥスは百七十センチ程度じゃなかったかな。そんなに高くないんです。

五木　すると、カエサルは当時としては抜群の体格じゃありませんか。

塩野　カエサルは抜群なんです。スッラも同じぐらいありました。骨の発掘による研究があるんですね。それでだいたい類推できる。やがてローマ帝国が滅亡《めつぼう》しますね。中世にはいると、日本では中世は暗黒ではなかったと言う学者もいるけれど、やっぱり骨をずっと調べていくと、暗黒なんですよ。グーッと背が低くなってくるの。

五木　なるほど。

塩野　それがもとにもどるのは、つまりローマ時代の体格にもどるのは、なんとルネサンスになってからなんです。

五木　千年もかかったってことだな。時代とともに体型も変化する。しかし、このカエサルの立像もそうだけど、ローマ人もイタリア人もラテン系の民族というのは、からだの厚みが独特ですよね。

塩野 ほんと、厚みがある。私、初めてヨーロッパへ来て、かなり長期間いて、日本へ帰って音楽会へ行ったときね、前の席の人の首すじがずーっと見えているわけでしょう。そのとき日本の男たちのうなじの細さにびっくりしたの。

五木 うなじの細さにね（笑）。日本にはそこがいいって言う女性もいるんですけど（笑）。

塩野 この頃の華奢なアイドル系の若者は、私の趣味じゃないもんだから（笑）。

五木 ボンレスハムみたいな首すじを見ると、うんざりするっていう人もいる（笑）。こちらは、こう輪切りにしたら茶筒みたいになるような感じの女の人が多いでしょう。腰幅はわりと広くないけれども、からだに丸みのある。

塩野 たしかにそうですね。それでいて、古代のローマ人は菜食だったんですから。ともかく肉は食べない。

五木 ほう、ローマ人はもっぱら魚を食べたんですか。

塩野 ええ、すごく食べたの、魚の民族ですよ。五木さん、こちらにいらして。議場のこの床のモザイクもローマ時代のモザイクをもってきたんですよ。

五木 なるほど、当時のものですか。魚の絵がありますね。イルカだとか、タコだとか。

塩野　われわれはギリシア人やローマ人の絵画をこういうところから想像するんです。あとは壺絵ですね。

五木　この床のモザイクはまた、モノトーンでじつにモダンだなあ。

塩野　ローマ時代、ことに共和政の時代は、白黒が多いんですね。これは共和政時代の建物に使われたモザイクです。魚といえばね、ローマ人がどうやって生《い》け簀《す》をつくっていたかをこないだ調べて、驚いちゃいましたよ。

五木　いや、ぼくはイタリア人は近代ぐらいまでは魚をあまり食べなかったって聞いてたものだから、意外ですね。

塩野　中世はたしかに食べなかったのね。古代はイカもタコも貝も食べてました。むしろローマ人は肉はほとんど食べない。だから肉体的には、断じてゲルマン民族やガリア人のほうが上だった。かといって、一念発起して肉食になろうなんて、古代のローマ人はまったく思わないのね。あいもかわらず、魚を食べてたわけ。

五木　そういえばイタリア人が牛肉を食べるようになったのは最近だっていう話を聞いたことがあるけど。

塩野　それはもう最近です。ローマ時代は肉食ではなかった。それが中世になると、意外

ローマ市議会議場の床にある
ローマ時代のモザイクのイルカ（非公開）

と肉を食べるようになるんですね。でも、中世はかえって、いろいろな食材をバランスよく食べられなかったんじゃないかと思うのね。だから、健康食としては、ローマ時代より悪かったんじゃないかと思う。

五木 なるほど。ローマ人は食べ物のバランスもよかったんだな。ぼくはシスティーナ礼拝堂でミケランジェロの『最後の審判』を見て、あんまりキリストがマッチョなんで、なんだか違和感を感じてしまいましてね。逆に、アッシジの教会で見たような中世の、やせ衰えて、ちょっとこう猫背で、貧弱なキリストのほうに共感を覚えるところがあった（笑）。ですから、まさしく中世の人間はその絵だけじゃなくて、実際にやせたからだで身を屈して生きていたんでしょうね。

塩野 ええ、だっていまでもイタリアの小さな中世起源の街の家は扉自体が小さいです。防衛のためでもあったけれど、やっぱり家って、人間の背丈に合わせてつくられてますから。ローマ時代の住宅は広いですよ。

五木 ローマ帝国の崩壊とともに、からだも小さくなっていったということですね。

塩野 それで、どうしてローマ人が肉を食べなかったかですけれど、狩猟民族は移動できるわけです。

五木 狩猟民族っていうのは闘争的だし。

塩野 そう、たとえばカエサルがガリアを征服しますでしょ。その結果、ガリア全体が安全になるんです。そうすると、いままで狩猟民族だったガリア人が、定着して農耕民族になるんですよ。だから、肉しか食べないのは、戦争が絶えなかったという証拠なんですね。

五木 なるほど。つまり逆に農耕民族っていうのは、平和であるっていう証拠なんだ。

塩野 そうなんです。日本が肉食でなかったのは、単に草食と肉食の差ではなくて、要するに相当期間、平和だったということです。安全が保障されると農耕民族になるんですよ。

五木 そうですよね。だって農耕というのは一年ぐらいかかって収穫するわけだから、安定してなきゃ、収穫までできない。絶えず、戦争で移動してたんじゃね。

塩野 ええ、家畜だってね、家畜に食べさせるかなりの量の飼料が必要で、動物に食べさせなきゃ、もっとより多くの人間が食べられるでしょう。

五木 それはもう効率が悪い。

塩野 ですから、狩猟民族はなにもそんなにすぐれてるわけじゃないんですよ（笑）。ヨーロッパ人は狩猟民族だったと言いますけれど、ヨーロッパ人は農耕民族になりたくてしようがなくて、実際なっていくんです。われわれ日本人は、なにも恐縮する必要はないんです。一方、ヨーロッパの中世のキリスト教徒たちが意外に肉を食べていたっていうのは、敵が襲来したとき、家畜なら連れて逃げられるから。

五木 畑だとそうはいかないからな。

塩野 ええ、農耕民族でいつづけられることは、誇りなのよ。

五木 トルコが文明化していく過程で、やはり遊牧民族が農耕を覚えて、それを生産の様式に確立していく過程と似ていますね。

塩野 トルコは行政組織の確立なんかも抜群でしたね。

五木 あれはすごい。異民族の支配のしかたもうまかった。オスマン・トルコはたいした国でした。

塩野 五木さん、この市庁舎の屋上に上がらせてくださるそうですから、行ってみましょう。

ローマ帝国の懐《ふところ》

五木 うーん、これはすばらしい眺めですね。さっき歩いた、フォロ・ロマーノが一望のもとに見える。

塩野 さきほどは下々の立場からこちらを見てたのね。ここはローマの七つの丘のひとつなの。

五木 あの左手の丘が、例の高級住宅地ですか。

塩野 そう、パラティーノ。フォロ・ロマーノを大改造したカエサルは、公共建造物に関心が強かった人物で、フォロ・ロマーノにあった公共建築にはぜんぶ屋根がついてたんですよ。そして裁判からなにからあらゆることに使われたんです。

五木 こうしてフォロ・ロマーノを上から眺めてると、ローマ時代の活気が彷彿《ほうふつ》としてくるなあ。

塩野　古代ローマでは収入の一割の直接税があったんですが、ローマ市民はそれを免除されていたんです。それはローマ市民が防衛を担ってたからなんですよ。

五木　一種の安全保障税ですね。

塩野　そうなんです。それでカエサルは医者と教師にも、民族の別なく、肌の色の別なく、ローマ市民権をあたえたんです。その代わり、適宜《てきぎ》の料金で治療するなり、子供たちに教えよ、というわけ。

五木　なるほど、公共の職業としての役割をもたせたわけか。

塩野　だから、ローマ時代、医療と教育は公営じゃないんです。

五木　征服した民たちを上手に生かしたということですね。

塩野　こういうのを民活っていうんじゃないかしら（笑）。

五木　そうか、民活。なるほど（笑）。

塩野　ローマ時代の作家も同じでね、ちょっとでも教職に就《つ》けばいいんです。そうしたら、直接税、ただよ。

五木　いいね、それ（笑）。

塩野　いいでしょ（笑）。ローマ人がすばらしいと思うのは、自分たちですべてをやろうとしなかったことですね。自分たちができることは軍事と国際関係、そして組織づくりね。しかし、建築家はギリシア人がよければ、ギリシア人を使った。

五木 なるほど。

塩野 エンジニア部門でエトルリア人がすぐれていれば、エトルリア人を。商売はギリシア人とユダヤ人。みんな、被征服民なんだけれど、それぞれ自分を生かす場所があったんですよ。

五木 ぼくがいつも驚くのは、その被征服民のローマに対する意識なんです。ふつうは征服者っていうのは、支配を受けた側に恨まれるものなんですよ。

塩野 ええ、ほんとに。それで、すごいのは大学ですよ。このローマに建てる費用もすべてでありながら、大学はそのままギリシアのアテネに残したの。ローマ人はそこに、留学すればいいという考え方。

五木 つまり、世界の被征服民たちがローマ文化の洗礼を受けてきたことを文明の資格であるかのごとく誇ってるでしょう。支配者ローマをけっして拒絶していない。

塩野 五木さん、そこが、私にローマ史を十五年かけて書かせる所以《ゆえん》でもあるんです。つまり、サミュエル・ハンチントンが言ったみたいに、人類の歴史上で、すべての民族を融合《ゆうごう》した帝国をつくったのは、初めにローマがあって、終わりにはどこもない。つまりローマ帝国のみです。

五木 そうなんだよなあ。ヨーロッパに行きますと、必ずローマ軍がここへ来てたとか、ここは古代ローマの町だったとかって自慢するわけ。かなり辺地まで行っても、ここに古代ローマの道があったとかって自慢しますから。

塩野 それはもう見事に、ヨーロッパはどこも、ローマ時代の遺跡を残してます。五木さん、古代ローマっておもしろいでしょう。

五木 すごくおもしろい。

塩野 ローマ帝政時代の皇帝の演説を直訳したんですけどね。自分たちが昔から伝統だと思っているものは、新しかったんだと、皇帝が言うんですよ。それで、われわれは常に、かつての敵からいろいろなことを取り入れてきたのだと。つまり他者の力を取り込んできたんですね。プルタルコスは、ローマが大きくなったのは敗者を同化したからであると言っている。

五木 ロシアの場合、「タタールのくびき」とかいう有名な言葉がある。タタール人に支配されていた頃の恐怖というものが、心の青あざとして、長いあいだ旧ソ連やロシア

の人びとの心のなかに生きつづけてきたという意味で「タタールのくびき」などと言いますけど、古代ローマは正反対のような気がします。

塩野 そうなんですよ。ローマ帝国の場合は植民地であったことを誇っちゃうんですよ。だから、チャーチル首相から、ドイツ人は「結局、古代ローマ社会にはいらなかったじゃないの」なんて言われて（笑）。

五木 ドイツのケルンはたしかコロニー、植民者の集落って意味なんじゃなかったかしら。

塩野 ええ、それで、初代皇帝アウグストゥスはローマ領をエルベ河まで延ばそうとするんです。それ以前に、カエサルはライン河とドナウ河までときめたんだけど。帝国の防衛線をエルベ河とドナウ河までとすると、防衛線が短くなることはたしかなんだけど、もしもエルベ河まで行ってたとしたら、ドイツもすべて古代ローマ世界にはいっていたわけですよ。結局、ティベリウスによって断念するんだけど。

五木 なるほど、すごい。

塩野 これってわれわれ、古代ローマ世界の外の人間にとっては、ワーグナーの音楽が生まれたかしらっていう程度の話にすぎないけれど、こちらの人びとにとっては、なかなか歴史的に意味のある話なんですよ。

五木 うん、うん。ですから、古代ローマの影響と、それからアラブ・イスラム圏の影響が、ぼくはヨーロッパにとてつもなく大きなものを残してると思うんですよ。

塩野 ゴルバチョフ大統領がかつて、ＥＵ（欧州連合）と言い始めたときに、彼がロシアでなにをさせたかっていうと、高校にギリシア語とラテン語の授業を復活させたんですって。

五木 なるほど。

塩野 そうすることが初めてなんというか、ＥＵにつながるっていうわけですよ。

五木 そういう古代ローマやアラブ圏の影響ということで言えば、たとえばヴェネツィアなどが新しい商業を起こして、財力をつけていくにしても、簿記ができるためにはローマ数字でなくてアラビア数字を使わなきゃならなかったでしょう。

塩野 そう、アラビア数字は、十三世紀ぐらいに海洋国家のピサが入れてくるわけね。それで複式簿記というのを今度はやはり海洋国家のヴェネツィアがつくるんですよ。

五木 つまりローマ帝国も地中海的世界と考えると、トルコも地中海的な性格を引いてるじゃありませんか。そのあたりを頭のなかへ置いて考えると、アラブ・イスラム圏よりいわゆる北のヨーロッパのほうが、辺境に見えてくる。

ローマ市内の古代遺跡

塩野　そうなの。私、ＥＵを古代ローマ世界とこう重ね合わせてね、あなた、いまさら連合とかなんとかおっしゃいますけどねえ、という感じなの。

五木　ほんとにそうだね。

共生の時代

塩野　ローマ軍の兵隊が現地で退役になるでしょう。兵役中は独身を義務づけられていたから、退役後に現地の人と結婚するんですよ。そういうことって、たとえばイギリスの植民地ではまれだったでしょう。

五木　しかし、イギリスも植民地経営はうまかった。だって植民地だったところでは、みんなまだ英語を使いたがるもの。

塩野　そうね。それからイギリス人は、あの砂漠の真ん中でも、ハイティーをするのねえ(笑)。原住民たちはばかじゃないかと思って見てるわけよ。それでも、背すじをピシッと伸ばして、なにやらすごいことでもあるかのように、自分たちのライフスタイルを通す。

五木 植民地でポロもやるし（笑）。

塩野 そうそう。ですから、異国では相手の土俵に立ってみることに加えて、もうひとつ、けっして恐縮しないことが大切なんですね。ところで、ローマって小さな政府なんです。その代わり社会福祉を忘れてたわけじゃない。貧民には小麦を無料で配給していたから。別に思想でもなんでもなく、やっぱり弱者を切り捨てるのは長期的には社会にとって損になるというわけなんですね。

五木 それはそうです。ぼくのこれは持論なんだけど、役に立つ人も役に立たない人もみんな一緒にいなきゃだめだって思うんです。

塩野 それはまったくそう。

五木 世の中っていうのは、そうじゃなきゃいけない。ぼくはイタリアでとても感心したことがある。フィレンツェに行ったときに、高級ブランドの店にはいったんですよ。そしたら、そこへ、明らかに精神に障害があると思われる人がフラフラとはいってきて、なんだかんだって店のなかでうつろき始めたわけ。おそらく日本だとね、す

ごくいやな顔をして、追い出すとか、ちょっとこうトラブルめいた感じになったと思うんです。ところがそこの女の店員さんたちが、ニコニコ笑いながら、その人とやりとりしながら、ごく自然に、うまーく外へ連れ出してしまったんですね。

塩野 おかげで、客のほうにも緊張感が生まれなかったのね。

五木 そうなんです。そういう人たちをコミュニティから隔離《かくり》しないで共生しようとするんだよ。イタリアのおもしろさっていうのは、街にけっこういろんな立場の人たちがいっぱいいるところ。そうした点が貴重だと思う。

塩野 これは古代ギリシアのペリクレスという政治家の言葉なんだけど、貧しいことは恥ではないと。ただし、貧しさに安住することは恥なんだと、彼は言ってるんです。ある意味で、これぐらい資本主義的な思想はないんじゃない？（笑）

五木 なるほど。たとえば仕事をするときも、五人が百点の能力をもってたとしたら、合わせて五百点ぐらいの仕事ができるけれど、そこにひとりいいかげんなのとか、変なやつがいたら、三百点か四百点の仕事しかできないかもしれない。でもひょっとしたら、そのジョーカー的な人のために、八百点の仕事ができるかもしれないよって、ぼくは考えるんです。計算されたプロだけが集まって仕事をしても、それを足した和にしかならないような気がするな。

塩野 その場合、そのジョーカーの人が劣っているんじゃないんですよ。いわば、異邦人なんですよね。日本の失敗は大蔵省などの中枢《ちゅうすう》に、試験の成績がいいのだけを集めてその異邦人を入れなかったことですよ。ただ、異邦人がはいってくると、初めは摩擦を起こすんですね。

五木 摩擦が起きても、それはそれでいいと思うんですよ。あるいはハプニングとか、思いがけない偶然の働きが作用して、一メートル五十センチ跳ぶつもりが一メートル七十センチ跳べた。二度やったら跳べなかった。だけど、一度跳んだことがすばらしいんであって、人間は計算しただけのことしかできないんじゃおもしろくないと思う。ローマ人は異邦人ととても上手につきあったわけでしょう。

塩野 ええ、でも日本の場合は、とかく百点満点を取ろうと、そのことだけが目的になりがちでしょう。

五木 それですぐ異邦人を排除するわけだ。だけどぼくはやっぱり、ある程度はマレビトを入れてくださいって言いたいですね。そうしたら、百点満点よりもひょっとしたら、もっと可能性が広がるかもしれないという考えを変えないでいるんです。

塩野　それに異邦人であることのよさもあるんですね。

五木　そうですよ。だってたとえば、パリが誇りにしているアーチストっていうのは、ほとんどぜんぶと言っていいくらい外国人だもの。

塩野　みんな異邦人、そうそう。

五木　スペインやロシアからやってきた連中を非常にうまく育てて、そしてパリの財産にしてしまうところだから、異邦人であることはちっともマイナスではないでしょう。

塩野　それにルネサンス全盛時代のフィレンツェで、フィレンツェ生まれの芸術家はだれだろうという感じですものね。レオナルド・ダ・ヴィンチもそうじゃないし、ミケランジェロはアレッツォの近くだし、サンドロ・ボッティチェッリぐらいじゃないかしらねえ。

五木　そういう意味ではね、むしろ異邦人を包含《ほうがん》することで活性化してくるという面がある。

塩野　東京がすごかったのも、じつはそれなのよ。

五木　たしかに、そういう時代もありましたね。

塩野　そう、すごかった。ただし悪いけど、過去形ね。

五木　その意味で、やはり古代ローマはスケールが大きかったと思います。

塩野　社会に自由が保障されなくてはいけないってことです。いろいろなものがあってこそ、初めて新しいものが生まれる余地があるし、やっぱり多種というのが必要なんですよ。一色はいちばんいけませんね、それがどんなに清らかですばらしいものであっても。

五木　いま、まさに日本みたいな島国でさえも、多民族と共生しなきゃいけない時代に、はいってきつつあるわけですから。

塩野　そういう意味では、やはり私は徳川二百数十年の鎖国というのを悔《く》やみますねえ。古代ローマは考え方がキリスト教とは共生可能ではなかったんですよ。キリスト教は異教を認めない。キリスト教を信じている人のあいだでのみ平等なんですもの。でも、こうやってフォロ・ロマーノを眺めてると、キリスト教徒はローマ的なものをよくも徹底して破壊したものだと思う。ローマ史を勉強していると、かなりアンチ・キリスト教になりますよ（笑）。

五木　あれほどキリスト教徒に破壊されて、しかしこれだけ残ったというのは、やはり石の文化ですね。日本の木造の文化とのちがいだなあ。

塩野 ローマは、七つの顔をもつ都市なんです。古代、古代末期のキリスト教時代、中世、ルネサンス、バロック、ゲーテ時代の廃墟のローマ、そして現代。

五木 それがローマの街のなかで渾然一体《こんぜんいったい》になっているから、どれが古いものか、新しいものかわからない。

塩野 ローマという都市のおもしろさはそこにありますね。街の風景がきまってない。小路《こうじ》を出たら突然、目の前にパーッとトレヴィの噴水が出てくるとかね、そういう意外性がおもしろいと思うんです。

五木 建築の様式もいろいろありますね。アラブの影響もたくさんあったりして。

塩野 古代ローマの建物は、それを建てた人間の名前を冠《かん》するんですよ。つまり、有名だっただれかを記念するためではないんです。アッピア街道だって、アッピウスがつくったんですからね。なぜ、それをつくったかっていう動機なんぞはどうってことないと思うの。よく日本の学者が野心のためとかって言うけれど、たとえそうであろうと、万人《ばんにん》のためになったのだからかまわないじゃないですか。

五木 そうそう、つくったものは万人のものなんだから、同じでしょ。レオナルド・ダ・ヴィンチもミケランジェロも芸術家として内発的なものがあってこそ、仕事をしているわけで、別に下請けでつくったわけじゃないのと同じですよ。

塩野 あそこに見える大きな道路はムッソリーニが通したんです。ムッソリーニは古代ローマが大好きだったんで、遺跡の発掘にも熱心で、修復にもずいぶん力を入れたんです。ところが、ヒトラーを迎えて軍隊の行進をやるのに、遺跡の上に道路を通しちゃった。そのとき建築家のル・コルビュジエが、遺跡を埋め立てるのはもったいないから上に橋を渡せと言ったんだけど、橋では軍隊の行進ができないからって。そのせいで、フォロ・ロマーノから広がる皇帝たちがつくった古代ローマの都市のフォルムのつながりが切れて、まったくわからなくなったのね。

五木 そういえば、あの道路で分断してますね。

塩野 ムッソリーニはこの道路建設で、完璧に汚点をつけたと私は思ってるのよ。みんなもそう思っていて、いずれ莫大なお金があったら、あの道路を外してみると、初めてこの遺跡の姿がつながるはずなんですね。私は知ってるから想像できるけれど、ふつうの人はもとの姿が想像できないでしょう。私、今度の『ローマ人の物語』では、この現在の地図と当時の地図をこう重ね合わせるような感じにしてのせようと思ってますの。

五木　それはおもしろいですね。重ねるっていう発想はすごくおもしろい。

塩野　そうすると、なぜローマの市街がこちらの方向に広がったか、きっとわかりますよ。

政治も教育もセクシーでなければ

五木 子供は親孝行しなくていい、親は子供に期待しちゃいけないというのが、年来のぼくの主義なんですが（笑）。

塩野 私は、息子にこう言いますの。ママの野心はママがひとりでやり遂げる。だから、あなたは自分のことを考えればいいとね。

五木 なるほど。

塩野 だから、子供になにかを託すのでもなんでもない。そういう類《たぐ》いのことは自分でやっていく。

五木 塩野さんは立派ですね。ママの野心はママがひとりでやり遂げる、なんて、泣かせるなあ。だいたい親に対して、子供は五歳ぐらいまでのあいだに、無限のよろこびをあたえてるでしょう。まず、子供に名前をつけるよろこび。

塩野 それで、子供に触《さわ》るし。

五木 そう。触るよろこびもありますね。一方で孫をつくったことで、親にこれ以上ない孝行もできるし、七五三にきものを着せて、写真を撮り、運動会ではビデオも撮る。人に子供の自慢もする。そこまででもう十分でしょ。ふつうの平凡な人間でも、帝王になったぐらいのよろこびを得ているわけじゃありませんか。人間として生まれて、子供をもったということだけで、その子供からたくさんのよろこびをたっぷりもらってるんだから、もはや五歳を過ぎた子供に、それ以上のことを親は期待しちゃいけません（笑）。いま、日本は子供の問題、親の問題、それから学校の教師と生徒の問題にいたるまでたいへんなんですよ。教師が恐ろしくて生徒を叱れない状況ですからね。

塩野　そのようですね。

五木　ほんとにむずかしいところへさしかかってるんです。

塩野　おそらく、家庭のしつけがきちんとしてなくて、それがそのまま学校にもち込まれてるんじゃないかと私は思うの。日本人は学校に多くを求めすぎですよ。学校は読み書きそろばんだけ教えてればいいと割り切るぐらいのものでね。しつけはやはり、家庭でやるものです。イタリアでは公立学校は午前中で終わりですのよ。

五木　いま盛んに自己責任ということが言われてるけれども、いい意味での自己責任はやはり大事ということですね。なにもかも学校とか、教育のせいにせずに親としての責任を引き受ける。

塩野　そう、以前、ＮＨＫスペシャルの『十四歳――心の風景――』という番組の録画を送ってくれた友人がいて、見てたのね。十四歳の男の子たちのドキュメントなんだけど、みんな「自分探し」と言うわけです。十四歳で、自分が探せないと。ほほえましくなって、あたりまえじゃないのって。彼らもあと五十年もたてば、その年でも、まだ自分が探せないってことがわかるんじゃないですか。そもそも人間なんて、自分でも気づかないようないろいろな面があるわけでしょう。

五木　ええ、これは瀬戸内寂聴《せとうちじゃくちょう》さんに聞いた話なんですけれど、彼女はいまの時代はまちがっているって言うんですよ。瀬戸内さんが住職を務めておられる岩手県の天台寺《てんだいじ》では、中国との交流の一環で子供たちを預かる催しをやってるんですって。十人ぐらいの子供たちを中国から呼んで、日本の子供たちもあちらへ行って、それぞれ面倒をみる。天台寺にも、十人ぐらい中国の子供たちがやってくる。ところがいま、中国はひとりっ子政策をとってるでしょう。

塩野　ええ。あまやかすんでしょう。

五木　中国では小帝王といわれるくらい、子供をかわいがって大事にするらしい。天台寺に来る子供たちも、着飾って、きれいにお化粧して、歌をうたわせるとうまいし、スピーチさせると、日中平和のためにとかって、立派なことを小学生とは思えないほど堂々と言うらしい。日本の田舎の子とはぜんぜんちがうと。ところが、食事の時間になると、これは嫌い、それは食べないと子供たちが食べ物をぞんざいに突っ返すんだそうです。それを見ていて瀬戸内さんは、ここまであまやかされた子供たちばかりになったら、あの偉大な国は将来どうなるんだろうかって感じたらしいんですね。それもひとりっ子政策のために、両親が自分たちの虚栄心で、寄ってたかって、子供を飾り立てて育てている弊害《へいがい》ですね。

塩野 そんなことをしてたらたいへんですよ。しつけはしないんだろうか。

五木 とにかく、親が一喜一憂して子供の機嫌をうかがうから、子供のほうも、あれは食べない、これ嫌いということになる……。

塩野 日本はそれほどでもないのかしら。

五木 まだ、それほどじゃないと思いますね。日本の子供は、ある意味でそういう自己主張がなさすぎるのかもしれない。かつてのフォーク・クルセイダーズの北山修《きたやまおさむ》さん、あの人はいま、九州大学の教育学部の教授なんですよ。

塩野 たしか彼は医者だったんですねえ。

五木 そう、精神科医です。昔、対談したときに、彼が、ぼくらは五木さんの世代がうらやましいと思うことがある、と言った。「あなたたちの世代は飢えて、涙をもって一片のパンを食べたことがあるでしょう。われわれにはそれがなかった」と。

塩野 あの世代でも……。

五木 彼らの小学生時代の悩みは、いかに、まずい給食を先生に見つからずにこっそり隠して捨てようか、それが悩みだったそうです。ですから、飢えた体験をもってる人がうらやましいと言う。それはよくわかるんですね。

塩野 逆説的にね。

五木 ところが、このあいだ聞いた話なんだけど、いまの中学生の女の子たちはちがうらしい。すごくいやな給食でも、とにかく黙って、出されたものは食べる。食べたあとに、水を飲んで、かわりばんこにトイレに行って吐く……。

塩野 いやですねえ。

五木 かつては、こんなもの食えるか！っていう世代がいたでしょ。全学連世代はそうでした。そのつぎには、先生に見つからないように食べないで隠して捨てるという世代。それでもまだいい。黙って出されたものを食べて、こっそり吐きに行くっていうのは、かわいそうだなあと言葉もない。つまり、抵抗をしないんですよ。言われたら、言われたことはするけれども、内面では従ってないんです。そのために、吐く。全学連の世代は従いたくないから従わなかった。そのつぎの世代は従ったふりをして、従わなかったわけ。ぼく、吐く子供たちっていうのは、なぜかとても猥雑《わいざつ》な気がするんだよね。

塩野 それはショックねえ。なんでも柔順に食べて、あとで吐く。いやあ、大ショック。

五木 でも、それは、いまの時代のひとつの新しい拒絶のしかたかもしれない。

塩野 それはわかりますけれど、だけど、ちょっとなんとかしないと。

五木 たとえば、学校の先生が、君たちこういうことしちゃいけませんよと言うでしょう。なんでしちゃいけないんだ、おれたち指図なんかされるかって抵抗する子がいる。それから、ああ、わかりましたと言って、ぜんぜんそれを聞かない子もいる。ところが、はいと言って聞いておいて、そして吐く子がいるっていう時代なんだ。

塩野 そういう子は本なんか読むんでしょうかね。この頃の子はずいぶん本も読まなければ、テレビも見ないって聞くけれど。

五木 いや、読む子もいます。ぼく、名古屋である私立中学と高校へ、学長が早稲田の後輩なので話をしに行ったんです。そしたら、あとから、たくさんの感想文を送ってきた。それが丸い文字や変な字で横書きで書いてあって、ハートのマークがあったり、絵も描いていたり、なかにはプリクラが貼ってあったりするんです。でも、書いてる内容は、ほんとにおもしろくて、いきいきしていてユーモアがあって、そして心情が伝わってくる。すごくよろこんでることがよくわかるんですよ。ぼくは感激した。で、その直後に、今度はある女子大で話をした。そこからまた感想文が送られてきたんです。こちらは原稿用紙で、きちっと形式をととのえて書いてるんだけど、つまらない文章ばかり。

塩野 ハハハハッ。

五木 感想というより要約なんですね。いきいきした感動がない。自分らしい言葉づかいもなければ、生気もない。不思議だなあと思いました。あんなに自由だった子供たちが、中学、高校、大学と教育を受けていくに従って、だめになるってことは、いまの日本の学校教育は生徒をだめにしているのではないかと。しかし、中学や高校あたりの子供たちの知的水準には、驚くべきものがあります。優秀な子がいっぱいいますよ、とてもいいものをもっている。それ以来、ぼくは中高生の世代をばかにしないことにしたんです。

中学・高校時代に読む本

塩野 お勉強はどうなんですかね。みんな、するのかしら。

五木 受験にヒィヒィ言って、大学にはいったら、もう勉強しない、そういう雰囲気じゃないでしょうか。大学はほっとリラックスする場所。現代の日本では、就職してから初めて社会教育が始まるんです。

塩野 だけど、もはや日本の企業にそんな余裕はないですよ。

五木 そうだろうなあ。ある大手のコンピューター会社では、月一回行われる社員教育のために、世界でいちばんといわれる福永光司《ふくながみつじ》さんという道教の権威者《けんいしゃ》を招いて、幹部たちに道教の話を聞かせていました。

塩野 そういうことはいまこそ必要ですけれどね。

五木 ぼくもそう思う。そういうことを考えた会社もなかなかだと思うけれど、あんまり直接、役に立つ実用的なことだけではなくて、少し縁遠いようなことを話したり、聞かせたりするのは、とても大切なことだと思いますね。

塩野 イタリアの中学校の国語というのは、おもに文学史と作文なんです。

五木 そうなんですか。

塩野 先生が生徒に本を読ませるんです。中学一年のときに読む本のリストのなかに、フランツ・カフカの『変身』があって、それで私が、教師と父母との面談のときに、「この本、子供たちにわかるんでしょうか」と言ったわけ。そしたら、その先生が「カフカのこういう本というのは、いま、ここで読まなくては、もう読まないものだ」と言ったの。

五木 ロシアの中学校でもドストエフスキーはほとんど読ませていますね。

塩野 ああ、やっぱり読ませるんですねえ。日本では教科書に一部しかのってないじゃないですか。

五木 抜粋《ばっすい》です。その作家はどういう人だったかを単に知識として教えるだけですから。

塩野 ええ、まあ、こちらもそれはそうだけれども、一冊、ぜんぶを生徒に読ませる理由が学校側にきちんとあるんですね。

五木　そこがすごいと思う。

塩野　やっぱり、そういうのが本来の教養じゃないですか。

五木　ぼくらが大学生の頃は、夏休み中かけてトルストイの『戦争と平和』を読んだものです。

塩野　そう、ほんと。

五木　そんなことを、アルプスにのぼるような大冒険のように張り切ってやったもんですけど、いまは若い人がそういうものを読まなくなりましたね。ぼくらの頃はサルトルの『自由への道』と並んで、マルタン・デュ・ガールの『チボー家の人々』がたいへんなベストセラーだったんです。

塩野　『チボー家の人々』、読んだわねえ。

五木　おもしろかったなあ。

塩野　私は、登場人物のなかで、あのジャックよりも、アントワーヌのほうが魅力的だったけどなあ。

五木　ハッハハハハ。だから北杜夫《きたもりお》さんたちの世代はトーマス・マンを読んで、それが一種の青春の教養だったでしょ。それからロマン・ロランの『ジャン・クリストフ』

を読んで育った世代があったわけです。あの辺は、ぼくはやっぱりいっぺん通過しなきゃいけない本だったと思います。だいたい、いまはもう本屋さんにほとんど見かけないいんだから。

塩野 ないんですかあ！　それは嘆かわしい。せめてトーマス・マンの『トニオ・クレーゲル』ぐらいはあるでしょうね。こないだ、高校時代に読んだのが出てきたわ。

五木 それは文庫にはあるかもしれないけれど、いま、文庫もどんどん絶版になってますからね。

塩野 こちらの中学校では、ドストエフスキーも読ませてますよ。

五木 それは偉い。これはぼくの漠然《ばくぜん》たる予感なんですけど、二十世紀は、日本の戦後の文学でも、ドストエフスキーの時代だったと思うんです。でも半世紀がたって、そろそろまたトルストイの時代が近づいてくるなっていう予感がある。ロシア文学というのは、トルストイとドストエフスキーの二つの軸で、交互に動いてきた部分があると思うんです。

塩野 なるほど。

五木 ドストエフスキーの埴谷雄高《はにやゆたか》的世界と言いますか、小林秀雄《こばやしひでお》的な世界と言いますか、そういう世界から、つまり内部から、いやおうなしに、いま外部へと人間の目が向けられ始めてきた。現実と正面から向きあうために信仰や理想を考えようとするトルストイ的な世界に。

塩野　ああ、そうかもしれない。

五木　トルストイは自分自身、人間の暮らしというものをとても大事にした人です。自分の想像力の世界のなかで地下生活者の観念を構築するというよりは、それこそローマ人のように、実際的に世の中をどうすればよくなるかってことを真剣に考えた人です。

塩野　それを、いま、時代が要求するってことですね。

五木　ええ、彼は農民運動もやったし、戦争のことも考える。具体的に小作人と地主がどう対決するかという問題とも取り組んだ人だから、トルストイのヒューマニズムは、一見、白樺派風に誤解されたみたいだけれども、実際はそうではないですね。とてもリアルなものがあります。

エロスと真実の討論

塩野　息子を育てるときに、私は日本語もほかの外国語と同じだと教えたくて、「おやすみなさい」をイタリア語と英語と日本語で言ってたの。

五木　へえ。イタリア語では「おやすみなさい」ってなんて言うんですか。

塩野　「ブオナノッテ」って言うんです。それから作文は起承転結で教えましたね。

五木　なるほど。

塩野　それで、起・承・転・結、これにイタリア語の意味を書いてあげたの。起承転結はインターナショナルなはずですもの。

五木　それはもう、おっしゃるとおりだ。塩野さんが教える姿が目にうかぶよ（笑）。

塩野　当時、息子が日航の飛行機にのるでしょう。そしたら、日本語が出てくるって言いましたよ。つまり、言葉ってそんなものなんです。それで、さきほどの話ですけれども、こちらの中学校は本を読ませたあとに、討論をさせるわけ。

五木 そうらしいですね。その討論という訓練をする点が、日本と完全にちがうんですよ。ある雑誌社がパリに支局をもってたんです。そこにずーっと長くいて、フランス人と結婚した女性が子供さんをパリの小学校へやって、とてもびっくりしたらしいんだけれど、フランスの小学校でも、スピーチの時間が、週に何回かあるんだそうです。

塩野 ええ、あるでしょうね。

五木 私はこう思うってことを、みんなの前で長々とスピーチする。フランス人はもちろん、最初からおしゃべりだし、自己主張も強いけれども、教育のなかできちっと、自分の考えを理路整然と、みんなに納得させられるように述べることを、教える、訓練するんですね。そして小学生の頃から、試験みたいにスピーチをちゃんとやるんですって。

塩野 あのね、プラトンにソクラテスの『対話篇』ってありますでしょ。あれ、「対話」と訳したから、なにやらお話しあいという感じになるでしょう。でも、あれは、「説得」なんですよ。

五木 なるほど。「説得」ですか。

塩野 もう、じつに屁理屈までふくめながら、ソクラテスが説く、それなのね。

五木 そうか、やっと納得できました。

塩野 イタリアの学校では口頭試問というのもあります。

五木 それは大事なことだな。

塩野 先生に向かって、生徒がこたえるときに、相手はすべてわかっている人だと思いがちだけれど、相手はなにもわかってないというつもりでこたえることが肝心なのね。

五木 なるほど。

塩野 けっして、それは先生をばかにしてるんではなくて、謙虚な姿勢なんであって、私だって、書くときはいつもそうなの。

五木 本当？（笑）

塩野 ええ（笑）。口頭試問では、それで、やはり知らないことを質問されることも始終あるわけ。そのとき、知らないとすぐにこたえるのはばかだと。

五木 ハッハハハ、それはまさしくそうなんだね。

塩野 先生の関心を逸《そ》らすようにもっていって、自分が知らなかったことをわからせないようにして、それで討論していくんですよ。

五木 インド人は知らないって絶対に言わないというけれども、じつは、それが討論のテクニックのひとつでもある。

塩野 学会でもそうなんですよ。学会で発表しますね。そのとき、必ず質問がくる。それはもう、専門家がするんですから意地悪な質問。だけど、いちいちまじめにこたえるんじゃなくて、その専門家がニヤーッとするようなこたえ方をする。

五木 ユーモアも説得の大事な武器。

塩野 相手の気分がよくなるようにして、その相手を説得していかなきゃならない。ソクラテスの『対話篇』は、その教科書ですね。

五木 つまり真理というものは、言葉で言い尽くしたなかに生まれてくるものであって、日本のように、あるものが真実であって、言葉という手段を通じて、真実へ近づくのではないってことですよね。言葉で尽くされたものこそが真実なんだと考える世界なんです。

塩野 そう、存在するっていうことは、プラトンじゃないけれど、自分のほうから見れば、壁に映った影にすぎない。でも、ほかの視点から見ればちがうから、やっぱりそれは……。

五木 ちゃんと説明しなきゃいけない。

塩野 ええ。ソクラテスの『対話篇』の日本語の翻訳はすばらしいけれど、日本語になったソクラテスはその説得のしかたが、そうねえ、京都の加茂川のせせらぎっていう感じがする。ところがソクラテスが生きた世界は、葡萄酒色《ぶどうしゅいろ》の地中海の海みたいなんですから。あれは、ほんとを言うと、ソクラテスの美少年に対する、言葉による強姦だと思うのね。

五木 弁論もまた、エロスなんだね。

塩野 そう、対話ってエロスなんですよね。それこそプラトンの『饗宴』のなかで、いちばんすばらしい場面は、後半、ソクラテスの弟子で美男であったアルキビアデスが酔っ払ってはいってきてから、俄然《がぜん》、生気を帯びるところ。アルキビアデスが師であるソクラテスに対する想いを吐露するシーンでね、あれはもう愛情の告白ですよ。だから、説得というのは、いかに心地よく説得されるかですよね。たとえば男が女を口説《くど》くじゃないですか。

五木 説得とは、女性をよろこばせていかに心地よく口説くかっていうのと同じことなんでしょう。

塩野 そうなの。だから、日本の外交がだめなのは、もうしようがない。日本では教育だって、この説得のおもしろみを教えないし。

五木 説得するということを、そんなに大切に考えない社会、お国柄なんですよ。ソクラテスの言葉自体にエロスがあるのを、われわれは一種、教養として読むから、それもいけないんだな。

塩野 討論によって、エロスとともに真実も学ぶわけ。真実の学び方が、教壇からではなくて、なにやら肌に触るがごときっていう具合で会得されちゃうわけで、これこそが真の対話なんですよ。

五木 だから、ぼくは思うけれども、政治家に必要なものも、根本的にそうした人間的なセックスアピールなんじゃないか。善し悪しは別として、ヒトラーにも、当時のドイツの婦人たちを強く惹きつけるSM的なそういう部分があったと思う。

塩野 ムッソリーニなんて、やっぱりなかなかうまいですよ、話が。だからいま聞いても、ニヤッと笑っちゃうのね。いま、イタリアでは、やはり話のうまい人が人気がある。つまり、表現力のある政治家ですよ。日本の大学に弁論部ってあるじゃないですか。

五木　ある、ある。

塩野　あれはどうも声を張り上げて話すだけという感じになるわけね。だから、弁論部出身の政治家がちっとも弁論にたけてないということになっちゃうんです。

五木　ぼくは政治家としての手腕はどうかわからないけれども、ゴルバチョフの演説は、聞いてて、もう音声だけでうっとりします。ロシア語ってこんなに美しかったかって思うぐらいポエジーがある。抑揚《よくよう》といい、音の響きといい、そこに引用するプーシキンなどの詩の見事さといいね。ほんとに言葉はこんなに美しいのかと、わからないなりにそれだけで、その人間の好き嫌いを言葉でもって超えちゃって、惹きつけるものがあるんですよ。

塩野　そうそう。

五木　それくらいに、やはり雄弁というのは力をもってるんですね。

塩野　ゴルバチョフは日本ではどうだか知りませんけど、ヨーロッパでは、やはり最初に改革をした人として大きく評価されていますよ。

言うと損な国

五木 中国のことわざで「巧言令色鮮矣仁《こうげんれいしょくすくなしじん》」というでしょ。日本では沈黙は金ともいいますね。あのことわざは、言葉が過剰なぐらいに、あふれかえってる国だからこそ出てくるんじゃないんですか。

塩野 イタリアも言葉があふれかえってます（笑）。

五木 まわり中、みんながしゃべりまくって、あまりにも自己主張が強いから、それで沈黙は金という言葉が効《き》くんであって、それを日本はそのままストレートに受け取って、黙っているのがいいって考えちゃったわけです。そこなんだよ、問題は。

塩野 なるほど。

五木 やたら言いすぎる連中が多すぎる国から、沈黙は金という言葉が戒めとして出てくるんだ。

塩野　日本は言わない国ですねえ。

五木　日本は言うと損な国ですから。日本は「物言えば唇寒し秋の風」だから、言わないほうがいいってことになる。でも、国際経済の問題でもそうだけど、いわば、言うと損な国と、言わなきゃ損な国とがぶつかりあうわけでしょう。

塩野　そうです。私は非常に現実的ですから、そういう表現力の訓練を受けてない人はだめだと。政治家でもそれをできない人は、ライターをちゃんと頼んだらいいと思う。

五木　ここでも、分業するというわけですね。

塩野　そのほうがいい。日本にも、海外と渡りあえる人はいるんですから、むしろ、そういう人にまかせたほうがいい。

五木　日本では、これまで問答っていうと、なにかこう、禅の坊さんみたいな悟りすました人たちが、ポツンポツンとこう、謎《なぞ》解きみたいな言葉を吐き返してるっていう感じがあるからなあ。

塩野　滝の音なんかが聞こえててね。

五木　そう、ウグイスが鳴いてたりしてね（笑）。ところが、チベットとか、インドの問答というのは、もう格闘技なんです。古代のインドの仏教の大学では、その問答の激しさに耐えかねて、中国やチベットから来た留学生たちが中退しちゃう。問答も大勢で並んでやる。ひとりは立ってるんです。そして前に、ずらーっと座ってる。で、立ってる人間がバーッと激烈な言葉でとことんスピーチをするんですよ。それに対して、座ってる人間が徹底抗戦する。手をふり、足を上げてからだ全体でやる。まさに言葉と全身の格闘技。いまでも同じようにやっていて、その問答を見て、そうか、問答ってこういうもんだったのかって、ぼくはびっくりしましたね。

塩野 日本で討論会をやると、各自が勝手にしゃべって、対話が成り立たなくなっちゃうでしょう。やはり、論じあうことに慣れてないと思うの。

五木 その仏教の大学での古代の問答は、とにかく徹底的に相手をどう説得するかが肝心なんです。真実は二番目、相手の投げてくる質問にどうこたえて、相手を辟易《へきえき》させるか、どう言い逃れるかって、そこを徹底してやってたのはやっぱりおもしろいと思いました。宗教問答の原点とはそういうものだったのかと思って。

塩野 とはいえ古代ローマ人も、ギリシア人のことを評するときに、おしゃべりしか知らない人びとって言ってましたからね。それで、おしゃべりでなかったのはスパルタですよ。

五木　不言実行型だね。

塩野　ええ、スパルタはラコニア地方にあるのね。だから、いまだに口数の少ない人をイタリア語ではラコニカっていうのね。だから、あのあたりは不言実行型なんですよ。アテネ人は有言無実行型。

五木　なるほど。

塩野　私は、ソクラテスがスパルタなんかに行ったら、一日もいられないで追い出されていたと言ってるわけ（笑）。

五木　だけど、イタリアは、雄弁というものが時代とか世の中を動かした国でしょ。

塩野　ヨーロッパの歴史というのは、ずーっと雄弁なんですよ。なぜかといえば、サイエンスとは、伝えなきゃならない。頭のなかで自分で思っているだけではだめなんです。

五木　うん。書斎でそれを書き上げてるだけじゃだめで、世の中に認めさせなきゃいけないし、へたすりゃ、今度は教会から叱られるから、そこでまた一生懸命言い逃れなきゃいけないからたいへんだよね。

塩野　つまり宗教に触らないように表現する場合もあるし、わざと触る場合もあったりして。

五木　真実を発見してそれを述べようとすると、へたすりゃ、宗教裁判にかけられかねないから、それは命がけの説得ですよ。だから雄弁とは、なにか言葉の上っ面だけの、きらびやかなレトリックだなんていうのは、絶対まちがいで、もう全存在をかけての表現ですから。

塩野　ほんとにそうですよ。だから、こちらの子供たちは中学校の口頭試問が真剣勝負だから、それはスピーチの技《わざ》が上がります。

五木　ぼくはこのホテル・エデンに今度初めて泊まったでしょう。で、ホテルには人一倍うるさいほうだから、最初にはいった部屋は最高級のスイートルームなんだけれど、ぜんぜん気に入らなかったわけ。で、そこで黙っていて、もうこれでいいやって思ってしまったら、やはりこのホテルに対してずーっと偏見をもったと思うんですよ。で、注文をつけて別のふつうのツインの部屋に替えてもらったんです。それはアメリカン・スタイルなんだけど、こぎれいで明るくて、ちょっといいなあっていうふうに思ったわけ。それでも、さらにもうひとつ見晴らしのいい部屋があるっていうので、いま泊まっているこの部屋が三番目なんですよ。そうして、いまやホテル・

エデンはけっこういいホテルだなと感じてるわけ（笑）。文句つけなきゃひどいホテルだとずっと思いつづけてたかもしれない。

塩野 ここは素敵な部屋ね。眺めもいいし、この窓から見えるあの建物はスイスアカデミーですよ。

五木 いいよね、静かで。でも、日本人はなかなか部屋をとりかえないでしょ。もう最初に割り当てられたら、そこに落ち着いて、ブツブツ、陰で言ってる。

塩野 そうすると、やっぱり、給食を食べて、あとで吐くほうなんだろうか。

五木 そうかもしれませんね。受け入れながら、じつは受け入れたものの違和感に悩まされてるっていう。

塩野 それは悲劇よね。

五木 今朝、ホテルのレストランで朝食をとったんですが、隣りのテーブルに三人のイタリア人がいたんです。女性ひとりと男性二人。この連中がずーっとしゃべりあってるんだけど、三人が一緒に、交響楽のようにしゃべってるんですよ。ぼくがいた一時間半、この三人がお互いに、つまりシンフォニーみたいに同時にしゃべってる（笑）。あの連中、どこで息継ぎしてるんだろう。息をついてるとは思えないぐらい、しゃべりつづけてるわけ。

塩野 だけど、対話にはなってるでしょう。

五木 そう、対位法的にハーモニーができてる（笑）。勝手にっていうんじゃないんですよ。やっぱりそれなりにある種の和音、コードをちゃんと、出しているんでね。だけど、たまんないなあと思ったね。よくしゃべる、口から先に生まれてきたような連中だと思って（笑）、しかも、食べながらですからね。

塩野 ある人が、外国人と結婚した日本の女性になぜ物書きが多いのかといえば、彼に言わせれば、たとえば「思いやり」なんて日本語をイタリア語で説明するには、そんな言葉はない。だけどセンシビリタ（感受性）と訳せないこともないのね。まあ、そうやって言葉を探していくわけでしょう。で、ついつい……。

五木 表現力が身についちゃう。

塩野 そう、それで、その人が女たちは書くようになったんじゃないかって言ってたけど（笑）。

超常識的健康法のすすめ

塩野　五木さん、髪をお洗いにならないってほんとう？

五木　あんまり洗わない。でも、ときには洗ってますから（笑）。

塩野　どうして？　だって、かゆくなりません？

五木　いや、ならない。

塩野　ブラッシングなさるんでしょ？

五木　ちゃんと指でやってる。

塩野　ハハハハハッ。

五木　頭皮ってあるでしょ。

塩野　ええ。

五木　ぼくは解剖学者に聞いたんだけど、人の頭皮と土台の骨の間はほんとうは二センチから三センチぐらい、左右に動いてずれなきゃいけないんですって。だから、頭を手で押さえて、こういうふうに動かしたら、ギュッギュッ、ギュッギュッと楽に動かなきゃいけない。しかし、ほとんどいまの人たちは頭皮が動かないそうです。

塩野　あっ、動く、私（笑）。

五木　常に頭皮をカツラを動かすようにグッグッグッグッと前後左右に自由に動かす必要

塩野 があって、ぼくはそれを自分でやってるんです。最近は一センチ五ミリぐらいは動くようになりました。そのうち頭皮が前後にずれるんじゃないかって、ちょっと心配してるんだけど（笑）。

五木 五木さん、それは毎日やってるの？

塩野 毎日、夜でも朝でもしてる。

五木 美容室でシャンプーするときに、してくれるマッサージみたいなものかしら。

塩野 いまの日本の男の子たちは修学旅行にドライヤーをもっていくそうですね。それで、朝、全員が一斉にドライヤーを使ったら、旅館のブレーカーが落ちたっていうんだから。この頃、朝シャンなんていうのはいいほうで、朝と晩、シャンプーする若い人がいるんですね。

五木 ちょっと考えられない。

塩野 頭皮の毛根の根元にたまってるのを皮脂っていうでしょう。あれをテレビでは誇張して、すごく恐ろしいもののように言うけれども、ぼく個人の説では、人間のそういうオイルっていうのは、皮膚を保護するために出るんですよ。

五木 ほんとよね。

五木 それを毎朝、毎晩、きれいに取ってしまうのは心配ですよね。三十代で毛が薄くなるのは洗いすぎなんじゃないだろうか。

塩野 いまの話、息子に言っとくわ（笑）。でも、息子はドライヤーは使わないみたいよ、自然乾燥で。

五木 どう考えても使わないほうがいいんですね。

塩野 それで五木さん、最近、洗髪されたのはいつ？

五木 ぼくは今度、こちらに来る前に洗いましたから、ご心配なく。まあ、季節の変わりめには洗うようにしてます（笑）。

塩野 あの湿気の多い日本で？

五木 さっきお話ししたように頭皮にある皮脂を取り去ってしまうと、フケが出やすくなるでしょ。それは当然です、乾燥するんだもの。だから、頭皮をこう動かして、適度な潤いがおのずから自然に補給されてると、フケが意外に出ない。最初は出るけど、やがてシベリアの凍土《ツンドラ》のように表層が固まってくるから。落ちても黒いフケですから目立ちません（笑）。

塩野 いつ頃からそうなさってるの？

五木　もう三十年ぐらい。昔は髪を洗うのは盆暮の年二回だったんですよ。いまは年に四回も洗ってます。

塩野　ちゃんとポリシーがおありなんですのね（笑）。

五木　そう。ぼくは可能なかぎり病院に行かないようにつとめてます。できるだけお医者さんのお世話にならないことを自分の主義にしてるわけです。趣味かな（笑）。でもそのためにはほかの人の十倍ぐらい努力しなきゃいけないでしょ。で、一生懸命医学の本も読むし、いちばん新しいインフォメーションを取り寄せて、からだの勉強もしてます。

塩野　私も一切、病院には行かないの。もう死んだら死んだときでね（笑）。

五木　ハハハハッ、ぼくはレントゲンは被曝《ひばく》だと思うから、可能なかぎり撮らない。風邪ひいたぐらいで病院なんて、とんでもない。注射もしない。

塩野　まったく同感。

五木　戦後五十余年間、一度もちゃんとした病院に入院したことないです。数年前にも下血がつづいて、これは大腸にポリープがあるか、悪くすれば大腸がんかなあと思いながら、それでも行かなかった。まわりの人たちが腕を引っ張って、連れていこうとするんだけど、もうぼくが最後までがんばったもんだから、みんなあきらめて(笑)。

塩野 私なんて、煙草《たばこ》は吸いますし、健康に無頓着このうえないから、五木さんとは正反対の暮らしぶりなんだけど、五木さんの気持ちわかるわ。

五木 日本人は、自分もひっくるめてなんだけど、子供の教育は学校の先生にまかせて、自分のからだの問題は病院と厚生省におまかせして、お金のことは銀行と大蔵省がちゃんとやってくれるだろうと、そういうふうにやってきたあげくに……。

塩野 いま日本中で、みんな泡くっちゃってる(笑)。五木さんのそのポリシーというか、からだの話を伺《うかが》いましょう。

五木 現代の医学の考え方はまず心臓を中心に考えている気がするんです。それから、脳ですね。だから脳死は人間の死だと考えるわけです。でも、ぼくはそうは思わない。脳はからだ全体から血液が酸素を運んでいかなきゃ働けない。それから、さまざまな触覚、たとえば足の裏で感じる、この地面は割れてるとかっていう感触からインフォメーションを吸収して、脳はそれを分析して反応する参謀本部の役割を担うわけですね。そう考えると、ほんとは辺境を大事にしなきゃいけないというのがぼくの考えなんですけど。

塩野 頭皮も辺境ってわけですね。

五木 そう。髪の毛とか、皮膚とか、指先とか、足の裏とか、足の指先といった、末端部、周辺部を大事にしようと。こういう辺境の部位がむしろ脳とか内臓とか心臓よりは大切かもしれない。それをささえているんだから。つまり、末梢の皮膚の毛細血管の血液の循環がとてもいい人は、じつは心臓も脳もしっかりしていられるとぼくは直観的にそう思うんです。

塩野 なるほど。

五木 ですから、ぼくは毎日足の裏を、鉛筆の裏でギュッギュッとね、何千回か押して、血液の循環をよくしてる。ぼくの足の踵《かかと》なんて、まるで赤ん坊の肌みたいだって言われるんですよ。

塩野 足の踵ってもっとも血液の循環が悪くなりがちなところでしょう。へぇーっ、驚いた。

五木 足には人一倍、心を砕いてまして（笑）、きょうはご苦労だったねと言って、足の指を洗ってやるんです。名前もつけてあって、右足の親指が一郎（笑）、人さし指が次郎、中指が三郎、薬指が四郎、小指が五郎。

塩野　まあ、左足もですか。

五木　左足は親指がカズミっていいます（笑）。それからフタミ、ミミ、ヨミ、ゴミっていってる。ゴミってのは失礼だけど（笑）。

塩野　ミミなんてかわいいじゃない（笑）。で、足の指に話しかけるわけ？

五木　ええ、洗うときに。その話は『こころ・と・からだ』という本にも書いたんですけど、それを読んだ読者で、最近、始めてる人がいるみたいです。ぼくは医者に行きたくないと思う人は、他人の十倍ぐらい自分のからだのメンテナンスを自分できちんとしないといけないっていう考えなんです。

塩野　私、医者に行かないってところだけ同じ（笑）。

天気図を見る健康法

五木　ぼくはもともと腺病質《せんびょうしつ》でやたら病気が多くあるんです。

塩野　そうですか。

五木　意外に虚弱なんですね。昔、ぼくは女の人に生理があることがうらやましかった。つまり潮の満ち干《ひ》きや月の満ち欠けといった宇宙のリズムとからだが同調《シンクロ》してることがすごいことのように思われて。それが男にはないってことがコンプレックスだった。でもあるとき、ぼくは人間はみな気圧の変化を受けるってことを発見したんです。

塩野　気圧の変化は私も受ける。

五木　ドイツに行って、アウトバーンを高速で走ってたら、交通情報のニュースが流れるよね。翻訳してもらったら、「いま、気圧が千ヘクトパスカルを割って下がってきましたから、スピードは八十キロに落としてください」って言うわけ。

塩野　へぇーっ。

五木　それから、ミュンヘンあたりではアルプスからの風が吹いて気圧が激しく変化するんですね。それでうんと気圧が低いときには、病院での大きな外科手術はできるだけストップすると聞きました。人間の体調が低下してるから。そのくらい気圧は大事で、アメリカの保険会社のセールスマンは、気圧の低いときにセールスに行くなと、トレーニングで教わるんだそうです。高気圧のときは人間、躁状態になって、保険にもどんどん加入するけれど、低気圧のときはおおむねみんな不機嫌だから。

塩野 なるほどね。

五木 それには理由があるんですよ。ぼくは低気圧になると、血管が拡張してしまう。それで血圧が下がるみたいだ。

塩野 私もそうだわ。

五木 急激に血圧が下がったり、上がったりすることによって、筋肉や血管の急激な弛緩や収縮のせいで偏頭痛《へんずつう》とか吐き気とか、いろんな症状が出るんです。

塩野 私は体質的に低血圧なのね。だから、起きて三十分ぐらい、いつも世も末って感じになりますよ。

五木 わかります。ですからぼくは、毎朝、起きると新聞の天気図を見ることにしてる。日本ではだいたい低気圧は西からやってくるから、低気圧が大阪にあれば六時間ほどで東京にやってくるし、福岡で天気が悪いと十二時間ぐらいで東京が雨になるとわかるんです。上海《シャンハイ》あたりなら、二十四時間後ぐらいに東京にやってくる。で、その天気図の低気圧の位置を見ながら、仕事の量を減らしたり、きょうはお酒は飲むまいとか、お風呂にはいるまいとかってきめることにしてます。

塩野 お風呂もですか。

五木 低気圧のとき風呂にはいると、ぼくはてきめんに頭痛が出ますから。頭痛がするから、からだがこわばってるんだろうと思って、リラックスするために湯ぶねにはいったりすると、かえって偏頭痛が起きたりしますね。アルコールもそう。血管が拡張してるうえに、あたたまってさらに拡張させるんだから。

塩野 そうなんですね。考えたことなかった。

五木 低気圧による低血圧の兆候《ちょうこう》は、まず頭の重い感じ、手にもった物を落としたりすること、また唾液が粘つく。それから吐き気、からだのだるさ、手先の冷たさと反対の首筋の熱さ、それから微熱。そういうのがぜんぶ起きることもあります。ぼくはひどい偏頭痛に長年悩んできたんだけど、気圧の変化に対応していくってことを考えるようになってから、ずいぶん楽になりました。気圧が下がりかける谷間のときがいけないんです。で、そういう時期に風呂にはいらない、アルコールを飲まない、それからハードな仕事をやらない。

塩野 原稿は書かない（笑）。

五木 そう、原稿書かない、睡眠をたっぷりとって。無条件で、じつは、いま、低気圧だから、締め切りの仕事できませんってみなさんにそう言う（笑）。

塩野 担当編集者はなんて、言います？

五木 「五木さん、気圧が下がってきましたけど大丈夫でしょうか、締め切りは」とかって（笑）。だいたい、締め切りと睡眠不足とお酒が重なると、必ず、気圧が下がってきて、調子が悪くなる。

塩野 ハッハハハハハ。

五木 でも、この自分がじつは大気の気圧の変化に左右されてる存在なんだと気づいたときに、ものすごく男としての自信が回復したんです。いわば地球全体の大気が呼吸しているのが気圧なんですね、その一部として自分も天地自然のなかで生きてることを、気圧の変化によってぼくはからだで実感し、確認できた。大自然にその一部として組み込まれて生きてるのは女性だけじゃないんだなと。ぼくの本のタイトルの『大河の一滴』は、そんな大自然の一部である自分という意味なんですよね。おかげで五十歳過ぎぐらいになってから、やっと偏頭痛から逃れ出ることができました。

塩野 それまでは、偏頭痛がたいへんでした？

五木 二十年ぐらい、どうしたら治るかと考えつづけてました。頭痛は人類最古の病気と言われてるんですよ。ジュリアス・シーザー、つまりカエサルも頭痛もちだったでしょ。それから関羽《かんう》も頭痛に悩まされた。長嶋監督も偏頭痛もちらしいですね。それから、ルイス・キャロルは偏頭痛の妄想のなかで『不思議の国のアリス』を書いたという。ところが、頭痛と風邪を治せば、人類を救うことになるぐらいだけど、これが現代の医学でもなかなか克服されてない。頭痛薬というのは、なかなか効《き》かないときがあります。頭痛をケミカルな手段で治そうとしてもだめなのかもしれない。そのときにやっぱり、自分の生活を宇宙の呼吸に合わせて、それに逆らわない、無理をしない、そんなことがやっとできるようになったのが、五十五歳ぐらいですかね。

塩野 じゃあ、五木さんはこの十年はずっと楽になられたのねえ。

五木 そうなんです。このあいだぼくは専門医に、やっと最近血管の拡張や収縮が少なくなって、偏頭痛がおさまるようになってきましたと言ったら、「それは五木さん、年をとって血管が硬くなっただけの話ですよ」と言われた（笑）。つまり、いままでは

塩野 血管が若くて弾力があったから、大気の気圧の変動を受けるんで、頭痛知らずの人はむしろ血管が硬いらしい。だから、偏頭痛があると、そうか、まだ自分の血管は若いんだと思って安心すればいいんです（笑）。なるほど。

自然治癒《ちゆ》力を高める

五木 頭痛のない人は動脈硬化が起きやすいそうです。血管性の頭痛は血管が若くてしなやかなために、収縮したり拡張することで起こるんですね。気圧が下がって、血管が拡張するでしょう。そうするとからだのなかのホメオスタシス（恒常性《こうじょうせい》）を保つ器官が、血管を収縮させる物質を出すそうです。そのリアクションによってギュッと締めつけられるような偏頭痛が起きる。だから、血管が拡張しなければ頭痛は起きないわけ。頭痛なんて私は知りませんという若い人がいるけれども、きっとすで

上＝ヴェネツィアのハリス・バーの食前酒、ベッリーニ
下＝スプレムータディ・アランチャ・サングイニョ
（シシリアの赤オレンジジュース）

に頭がカチカチなんだよ（笑）。

塩野 私、頭痛ないの。

五木 えっ！ ない！（笑） それは血管が硬い！ まず、心配しなきゃいけないのは動脈硬化（笑）。

塩野 血管が硬いとこれはもう、救われないわね（笑）。そうすると、早く死ぬんですかねえ。

五木 いやいや、そんなことはないでしょう。塩野さんの場合は体質的な低血圧じゃないのかな。低血圧の人はだいたい長生きですね。

塩野 私はだから、起き抜けがだめなのね。朝食をとって糖分を入れると、少しましになるけど。

五木 血糖値を上げるってことですよね。

塩野 そう、血糖値が朝はいつも、低いんじゃないかしら。

五木 だけど、朝、あまいものを食べたり、食事をして血糖値を瞬間的に上げると、今度はからだのバランスを保とうとするホメオスタシスは、血糖値を下げようと働くから、往々《おうおう》にして下がりすぎることがあるんです。だから、ほどほどに上げてください。

塩野　そのほどほどを保つって大切ですね。

五木　そこなんです。平凡な話だけど、人間はなんでもほどほどがいいんですね。歯を磨くなんてのもほどほどがいい。最新の歯学の専門書を読んで、ぼくは驚いたんだけど、歯医者さんにときどき八十歳を過ぎて一本も抜けてない全部自前の歯をもった患者さんが来ることがあるんだそうです。そういう人にかぎって、真っ黄色に歯垢がこびりついていたりするという。つまり歯垢には歯茎を保護するために大事ななにかがあるらしい。それを歯垢は歯石の始まりだとかって、落としすぎていくことによって、歯がすごく弱くなるんだそうです。それから歯周病や歯槽膿漏を起こす原因といわれている歯周病菌にも、自然治癒力を促《うなが》して免疫《めんえき》力を高める要素があるという説が出てきました。いまや歯周病菌を純粋培養して抗がん剤をつくろうとする研究が始まりそうな気配です。ですから、やたらと歯垢や歯周病菌を取ることに熱中するのも問題で、なにごともほどほどがいいってことですね。

塩野　その説は、なんだか私もよくわかります。同感だわ。

五木　中庸《ちゅうよう》の尊さっていうか。

RTO
Milella
s.r.l.
IMPORT - EXPORT PRODOTTI ORTOFRUTTICOLI
BITONTO

塩野 私は健康に無頓着だけど、食事はなんでもいただくのね。食べちゃいけないものなんてないわけ。

五木 その食べるというのも、同じお弁当を食べて、食中毒になる人とならない人がいるんです。それは咀嚼《そしゃく》の度合いがちがう。

塩野 消化力のちがいかしら。

五木 そう、唾液には不思議な殺菌力があって、百回ぐらい徹底的に噛んでドロドロにして飲み込むと、食中毒の菌に唾液の殺菌力が作用するらしい。大急ぎで噛まずに飲み込んだりするといけない。いまの子供のように、やわらかいものばかり食べてるとその咀嚼力が落ちるんですね。

塩野 子供にやわらかいものばかり食べさせるのはいけないですよ。だいたい美しい顎《あご》ができない。

五木 日本ではリンゴが売れなくなってきているそうですね。なぜ、リンゴを食べないかというと堅いからと子供が食べない。そうやって小さい頃からやわらかいものばかり食べてるから、ますます噛む力が衰えてくるんだ。噛む力が衰えると、脳に酸素がいかないいんです。

上＝ラヴァネッロ（ラディッシュ）とカラチョーフォ（アーティチョーク）
下＝フィノッキオ（ういきょう）とアーリオ（にんにく）

塩野　そう、ほんとにいかないんですよ。

五木　そういうわけで、人間はもう少し、自然にもどって、ホメオスタシスや自然治癒力を大事にしなきゃいけないってことをぼくは自分のからだで実験してるわけです。ところで塩野さん、肩凝りはどう？

塩野　肩凝り？　それもないですねえ。たまに凝ってますね、なんて言われたことはある。でも、そうですかって言うだけの話。五木さんは肩が凝る？

五木　ぼくは凝るときもあるし、凝らないときもあるけれど、肩が凝ることを悪くとっちゃいけないんです。つまりそういうことは、すべてからだが自分に向けて信号を発して要求してると思えばいい。

塩野　それはわかる。

五木　だから、肩が凝るっていうのは、締め切りを延ばせっていうことなんですよ（笑）。

塩野　そうです（笑）、そのサインなのよ。

五木　仕事をするなってこと（笑）。

塩野　私は昔から、無理しないことにしてるんですの。

五木　それがいちばんですね。

塩野 子育てしてたから、執筆《しっぴつ》は一日四、五時間でしょう。だから、いまでもそれしかやらないんです。

五木 それは偉いね。人間は無理もしなきゃいけないときもあるし、無理をするところもある。だけど、大切なのはほどってことですから。でも、このほどほどというのは行いにくいものではありますけど。

塩野 私、仕事に関してだけは、子供が大きくなってからも、あんまり量は増やさずにほどを守ってる（笑）。

五木 塩野さんはそれでいいんだよ。ぼく、気功やヨガの先生たちで、意外に顔に吹き出物がある人がいるのが、昔からすごく不思議だった。それで、ある気功の先生に聞いたんです。失礼ですけど、先生は心身の循環がよくなる仕事をなさっていて、きっとからだにいいはずなのに、拝見したところ、非常に肌のコンディションが悪いのはなぜでしょうと。「それはあたりまえです」と言われた。ヨガや気功は本来、一日に十五分くらいやるもので、それを生徒に教えるために、先生は一日四レッスンも五レッスンも過重にやってるから、からだに悪い。ほどほどじゃないんですね。仕事だから無理してるわけ。かえってからだには悪いことをしてるんだからしかたがないと、その気功の先生は言ってました。

塩野 なるほどね。私は最近、マッサージを受けるようにしましたの。

五木 マッサージ、気持ちいいですか。

塩野 いやあ、気持ちがいいっていうか、一週間に二回ときめて行ってます。ただ、ローマでは日本式の指圧はできなくて、ふつうのマッサージです。だけど、まあ、古代ローマ人はこれを奴隷にやらせてたんだなあと思いながら、お金を払ってやっていただいてる（笑）。

五木 なんでも、からだに触《さわ》ってもらうのはいいことですよ。恋でも健康のためであっても。

塩野 たしかにそうですわね（笑）。

いま〈寛容《トレランス》〉の時代がやってきた

塩野　私、最近の日本の女の子で、気になるのは、やたらにやせるのが好きで、極度にやせてるじゃないですか。どうなんですかね、あんなに度を超してやせて、子供が産めるからだではないんじゃないかしら。

五木　そのことにつながる話なんだけど、ぼく、身近にいる自分の配偶者が四十五歳から五十五歳ぐらいまでの時期に、いわゆる更年期障害でいかにたいへんだったかというのを身にしみてよくわかったんですね。ほんとに困難な時期なんだなと。それがきっかけになって、そういう時期にさしかかった女の人になぐさめと元気をあたえるつもりで書いたエッセイが、後に単行本になった『生きるヒント』なんです。ところが、紀伊國屋書店の店員さんが、この本は男が買っていますって言うんですよ。そんなはずはない、それは奥さんに頼まれて買いに来たんだろうと、ぼくは言った。そうしたら、いや、店頭で二、三ページ、パラパラと読んで買うから、あれは自分で読もうとして買ってるんだと言われた。本屋さんのその直感の正しさが、あとで立証されたんだけど、読者カードをまとめたら、なんと五十二パーセントが男性だったんです。

塩野　それって、著者冥利《みょうり》じゃない。

五木　ええ。でも、それはどういうことか。昔は女性専科だった更年期障害的な症状が、いまや男性にも同じように始まっているんだと思う。医学的には男性に更年期はないといまだに主張する専門家もいますけど、更年期というのは心身の総合的な変化で、これは男性にもあるんじゃないかな。

塩野　最近、男性にもあるって言われてますね。

五木　最近は男性たちが女性たちと同じようななんらかの苦しみを感じるんだと言われ始めています。この話には後半があるんだけど、あとでこの『生きるヒント』が文庫になったんです。その文庫の読者カードを角川書店がまとめた。そしたら、見事に十六歳から二十二歳までの若年層が、読者のほとんどだったんです。

塩野　あら、まあ！

五木　まず、ぼくが更年期の女性たちのために書いたものを男性たちが読み始めた。これは男性にも女性の更年期と同じクライシス（危機）の面が出てきてるからだろうと。それからつぎに非常に多くの若い子たちが読んでくれている。それはつまり十六歳にして、すでに更年期的な精神状況の危機にある人たちがたくさんいるってことなんですよ。

塩野　日本の若い子たちってそうかもしれませんね。

五木　高校生ですでに、精神が更年期の症状を呈《てい》してるんです。昔の詩人は二十歳《はたち》にして心枯れたりとうたってるけれど、いまはそうじゃなくて、十五歳にしてすでに心枯れたりと感じている若者たちがいる。そういう少年少女たちが、本を読んで手紙をたくさんくれるのです。読者にそういう変化が起きてることを知ったことは、とても大きな感動でした。

塩野　私は、更年期障害っていうのがまったくなかったんですよ。

五木　ほう、そうですか。それは、どういうこと？

塩野　たぶんね、忙しくて。

五木　更年期障害っていうのは別のクライシスに直面してる人にはないんだよね。

塩野　クライシス？

五木　たとえば破産しかかって、自分が一生懸命パートで働いて、ローンを返して、とにかく闘っていかなきゃいけないなんていう、その十年間が更年期とぶつかったりすると、ほとんどない。

塩野　私、それだわ（笑）。仕事にも、子育てにも追われていたし。

五木 なにか別のクライシスを抱《かか》えた人には、症状が出ない。

塩野 クライシスを抱えるってことはたいへんですよ。

五木 だから暇《ひま》があって、心に余裕がある人ほど更年期障害になりやすいみたいだ。

塩野 なるほど、じゃあ、私、心の余裕もなかったのね（笑）。

五木 塩野さん、頭痛がないっておっしゃってたでしょ。更年期障害がないってことはそれもきっと関係あるんですよ。

塩野 鈍感なんですかねえ（笑）。

五木 いやいや、そうじゃないでしょう。ほかのもっと大きなことに心とからだのエネルギーが向いちゃっていたんですよ。ローマ帝国の興亡とか（笑）。私は女として生まれて、こんなふうに生きてきたけれども、はたしてこれでよかったのかしら、自分の人生はどこにあったんだろうって考え始めるのが、だいたい更年期の第一歩なんですから。

塩野 私はその年ぐらいのときにそういうことを考える余裕がたしかになかったですねえ。

五木 ハハハハッ、それはやっぱり、塩野さんは闘う女だったんだ。

塩野 情けない話ね（笑）。

五木　でも更年期はきっとあとからまとめてきますから、どうぞご安心ください（笑）。

塩野　そのときはきっと死んじゃうのよ。

五木　いやいや。だから、むしろ安穏《あんのん》な人間のほうが更年期障害になるという話です。

来世は専業主婦

塩野　でもね、私が非常にうらやましく思う日本の女性っていうのは、専業主婦なのよ。奥さんに憧れるのは、なぜかって言えば、ときに、ああ無防備なんだなあと感じるんです。自衛していない女の人がときどきいますよね、一見、おしゃれもせずに。

五木　ええ。

塩野　そういう女の人はきっとご主人がちゃんと護《まも》ってあげてるんだなあと思って、非常にうらやましい。男がパートナーが無防備でいる状態を許してるってことなのよね。

五木　無防備のままでちゃんと世間を渡っていける人って、たしかにいるなあ。

塩野 この無防備な女性を眺めるときの、私のうらやましさといったら、ない(笑)。女ひとりで懸命にやってるなんていうのは、こちらも一生懸命やってるから、あんまり関心がないんです(笑)。仕事がある人って、どうしても無防備じゃいられないですよ。

五木 塩野さんは海外で外国人に伍《ご》して堂々とお仕事をなさってるから、よけいにストレスが多いと思いますよ。アメリカで精神分析医があれだけ多いのも、よくわかるような気がするんです。日本に帰ると、ほっとするでしょ。なんでほっとするかっていうと、日本というのは、ほんとにいいかげんで生きていける国だから。

塩野 私、生まれ変わったら、来世は絶対、専業主婦になりたい(笑)。

五木 そいつは愉快だね。ぼくなんか思うのは、どんどん女性が国でもジャーナリズムでも重要なポストを占めてバリバリやってくれて、安穏と暮らしている人妻風な男がいっぱいいいられると、楽だよね(笑)。

塩野 それ、ライオンみたいじゃないですか(笑)。

五木 東南アジアの奥地の種族で、なんだかその社会では女性が畑仕事からなにからぜんぶして働く。男はなにをするかといえば、お化粧をして絵を描くだけ。

塩野 敵に対して、女性を護ることはしないんですか。

五木 しない。

塩野 ライオン以下ね（笑）。

五木 そう、じつにうらやましい（笑）。おしゃれに憂き身をやつして、男同士、お互いに顔を塗りあって、鏡を見てうっとりしてるんですよ。そのテレビを見てて、天国だと思いましたね。

塩野 いわば有閑《ゆうかん》マダム願望ですね。

五木 二人ともそれぞれ似たようなことを考えてるらしいね（笑）。中国なんて、日本人の男が行ってショックを受けるのは、料理をはじめほとんどの家事は男がやってるということです。

塩野 仕事から帰ってきて、男がやってくれるのね。

五木 これはたいへんですよ。働いて帰宅して、さらに男が家事をやるっていうのは。

塩野 いいわねえ、それは（笑）。

五木 話はもどりますが、更年期障害のいわゆる不定愁訴《ふていしゅうそ》は、からだのいろいろなところに出るんですね。微熱、頭痛、関節炎、心臓の不整脈とか。それを自分では絶対に更年期だとは思ってなくて、医者に自律神経の失調による更年期障害ですと言われて、ムッとする人も多い。

塩野 みんな、まだ更年期なんかじゃないって思うのよ。

五木 そうなんだね。でも、医学用語なんてひどいもんですよ、五十歳代ですでに老人性なんとかって言いますから。年齢ってことでいえば、イタリアで感じるのは、ボッティチェッリの絵に出てくるような女の子がほんとに街にいるでしょ。花のようなっていうけれど、まさにそういう美少女がいますね。ぼくは三年たって、同じ人と会ったことがあるけれど、やっぱり変わり方がすごかった。イタリア人の色気っていうのは、塩野さんのような専門家を前にして言うのはおかしいけれど（笑）、過ぎ去ることが前提となっている美しさなんですよ。つまり、早熟っていうのは早老という意味でもある。

塩野 それについては、やはり体質もありますけれど、周囲が気をつける人たちだと、たとえばミラノの女の人はなかなかきちんとしてます。スタイルを保っている女性が多い。

五木 ああ、そうですか。ふーん。これは宗教学者の山折哲雄《やまおりてつお》さんが書いておられることなんだけど、京都に終末ケアの名医がいらっしゃる。この名医は三つのことしかしないという。ひとつが相手の話を聞く。もうひとつは触《さわ》る。相手の手を握って話を聞くとか、肩に手を当てて話すとかで触る。三つ目がほめる。終末期の病人にほめることがありますかって聞いたら、きょうは血色がいいですねとか、この飲みにくい薬をよく飲みましたね、ほとんどの人は隠したり捨てたりするんだけど、あなたはたいしたもんだ、などといろんなことを言ってほめる。とにかくもうほめる、触る、ちゃんと目を見て話を聞く、この三つしかないんだけど、これこそほんとうの名医だという話。ほんとにぼくも、そう思うな。

塩野 日本の中年の女の人って、まかりまちがうと、それがみんななくなりがちだもの。

五木 そう、話は聞いてもらえない、ちゃんと見てもらえない、触ってもらえない、それからほめてもらえない。いや、ほんとはひとつもないかもしれない。

塩野 それじゃない？

五木 それだな、更年期障害は（笑）。塩野さんはけっこう、ジャーナリズムにほめられたり、男たちに触られたりしてるから（笑）、更年期障害が軽くすんだんでしょうね。イタリアはあいさつするときだって、やたら抱擁《ほうよう》するよね。そうでしょう？

塩野　ええ、そうね。

五木　日本の主婦なんて、あんなことされたら動転する（笑）。そういうふうに考えると、触る、ほめる、ちゃんと見て話を聞く。この三つをたくさんしてもらった人間ほど元気でいられるということ。

塩野　われわれはせいぜい読者カードを読んでればいいんだわ（笑）。

五木　いいことだけを考えてね。

塩野　なんだかちっとも内需拡大《ないじゅかくだい》につながらない話だわね（笑）。

五木　でもほめる人があったら、おしゃれでもなんでもやりがいがあるっていうもんでしょ。

免疫学《めんえきがく》の現在

五木　話はとびますが、ぼくは塩野さんが『ローマ人の物語』でなさってることはすごく

塩野　新しい、冒険的なお仕事だと思うんですよ。私が考えてる古代ローマ史って、学問ではないんですね。それはずーっと感じてますね。

五木　ぼくも歴史というものはほんとうはないと思う。歴史はフィクションなんだと考えたほうがいいというふうに考えてるんです。後年の人たちが再構築して、ありのまま構築できるってことはありえない。その個人のキャラクターを通して、その人がつくり上げるものだから、歴史がそのままイコール事実であるっていうふうにとらえるより、歴史は物語なんだと思ったほうが正しい。

塩野　私、学習院を卒業するとき、こう言われたんです、君が考えてるのは歴史ではないって。いまだに覚えてる。

五木　そんなことないね。ぼくは思うけれど、塩野さんが書かれているように、歴史は人間のドラマなんですよ。想像力の世界。なのに、資料をテキストとして机の上で作品を解説したりする人がいますよね。だいたいぜんぶちがう。ほんとのことは作者しか知らないんです。気になさることはないですね。

塩野　だから、若い学生たちが私に話を聞きにきても、あなた、卒論に私から聞いたとは絶対に書くなって言うの（笑）。そのほうが安全だって。

五木　いまは、科学でさえも、学問というふうにとらえずに、やはり想像力の産物なんだという考え方になってきていて、長いひとつの物語としてとらえようとしています。遺伝子の問題にしても、人類の物語として考えていく。

塩野　そうね、ヨーロッパには私みたいな、小説でもなければ、歴史学でもないという分野は確実にあって、ちゃんと認められてますね。

五木　そうです。H・G・ウェルズは科学の歴史を書いたように見えるけれども、あの人は物語を書いてる。また古いイスラムのイブン・スィーナーの医学に関する本なんか読むと、これは人間のからだについての壮大な物語になっていておもしろい。

塩野　われわれが考えるフィロソフィとサイエンスはギリシアのアテネで生まれたといいますね。このサイエンスをイタリア人はどう解釈するかというと、「自分の頭で考えて、そのうえでまとめて表現しなければサイエンスにならない」とダンテは言ってます。

五木　なるほど。

塩野　つまり、サイエンスも表現にまでいかなければならないわけですよ。

五木　一九九三年に大佛次郎《おさらぎじろう》賞を受賞した多田富雄《ただとみお》さんの受賞作品が『免疫の意味論』です。科学は意味を問うべきではないというのが、デカルト以来の科学の伝統なんですよ。だけど多田さんの研究は意味論なんです。意味のほうへ越境して、スーパーシステムなんてことを考え出して、免疫の物語をつくり出した。だから、大佛次郎賞という文芸の賞がいくんであって、そのことは科学者としての逸脱《いつだつ》ではなくて、むしろオーソドックスだとぼくは思う。

塩野　私もよくわかるわ。でも、日本の科学者たちの反応はいかがでした？

五木　さあ、どうなんですかね。でも、人間の宗教的な倫理とか、宇宙の神秘とか、そういった教会の分野にまでは絶対に踏み込まないときめて身軽になることで、科学はこれまで発展してきたわけでしょう。でも、もう科学が先端を極めると、どうしてもおのずと越境しちゃうんですよ。それでショックが起きる。でもぼくは、多田さんの免疫論を読んでとてもおもしろかった。いま、貴重なのは多田さんがやってるような仕事じゃないですか。

塩野　えーと、利根川進《とねがわすすむ》さんの研究はなんでしたっけ。

五木　遺伝子ですね。

塩野　私は利根川さんに何回説明されても、わからないんですよ（笑）。

五木　利根川さんの以前の研究もすごくおもしろいですね。遺伝子のなかには、なんの役割をはたしてるのかわからないくずのような遺伝子があって、これをジャンクっていうらしいんだけど、じつはそのジャンクと呼ばれる遺伝子がとても大きな働きをしてることを、利根川さんはちゃんと指摘しているわけだから、それはすごいことです。で、多田さんの分野である免疫学ですが、一九八〇年代の頃までは、免疫学は、医学では辺境だったんですってね。心臓外科や脳外科が花形であった時代から、コツコツと免疫の研究が発展してきて、一九九〇年代にはいってから俄然《がぜん》、世界中の注目を集めたのがこの免疫学ですね。

塩野　免疫ってエイズでも注目を浴びるきっかけになったんでしょう。

五木　そうですね。でも近年、免疫学が注目を集めてきたのは、じつは哲学の最大の命題と免疫学の追究してる主題が重なってるということにあったんじゃないのかな。で、免疫の最大の働きは、異分子、すなわち非自己を拒絶することにあるわけですね。だから非自己を拒絶する働きの前に、これは自己ではないと判断する必要がある。つまり非自己を決定するためには、まず、自己を確認できなきゃいけないんです。

塩野　自己を決定しなきゃいけない。

五木　自己の決定ねえ……。哲学的ですね。

塩野　まさに、免疫の最大の働きは自己を決定する働きにあって、その自己と照らし合わせて、あっ、これは自分じゃない、これを拒絶しようと、こうして免疫が働き出す。つまり、自己を決定することが免疫の働きだということは、つまりアイデンティティを決定することなんですよ。

五木　そうね、すごい話ね。

塩野　後天性免疫不全症候群《こうてんせいめんえきふぜんしょうこうぐん》というエイズの怖さは、肺炎になりやすいとか、カポジ肉腫ができることじゃなくて、その自己が不安定になり、崩壊《ほうかい》していくってことなんです。

五木　免疫が不全になるわけだからね。自己を決定できないんだ。

塩野　そう、免疫のいちばんの働きは単なる拒絶ではなく、自己の確立であることを免疫学が発見したからです。もうひとつの発見は、母親の免疫は胎児を自己でないにもかかわらず、拒絶しないことです。遺伝子学的にいうと、胎児は自己ではない。でも母親のからだは拒絶しない。それはなぜか。やはりトレランス（寛容）という働きが免疫にはあるんだということも発見できたんですね。

塩野 なんだか、免疫学で、もしかしたら国際外交も、経済問題も考えられるんじゃない？

五木 そう思えるでしょ。ぼくは現代は、免疫学の時代だと思っている。免疫のなかに拒絶だけじゃなくて、トレランスという、寛容という概念が発見されたので、異分子、すなわちエトランゼ（異邦人）と共存することも可能であると。胎児は異分子なんだけど、母親にトレランスがあるから自己否定が起きない、拒絶が起きないんです。塩野さんがおっしゃるように国際紛争で、たとえば、ドイツのネオナチがトルコ人労働者を攻撃する。そのときに彼らの大義名分は、人間に拒絶の働きがあるのは人間本来の生理であるという。しかし、それは古い免疫学の考え方で、いまの最先端の免疫学では寛容つまりトレランスによって、異分子と共存できるという論理が発見できている。だからトルコ人労働者とも共存できるはずだ。そういうことになるんです。

塩野 じゃあ、国連軍のＰＫＯもさしずめ、古い免疫学の考え方かしら（笑）。

五木 ＰＫＯでも、アメリカでも、切除してたたきつぶさなきゃいけないという方向で免疫活動が始まるのは、まさに古い考え方ですよね。

ニワトリとウズラの実験

塩野 いまや、免疫学、恐るべしでしょうか。

五木 ええ、免疫が自己を決定することを、フランスのニコル・ルドウァラン女史という学者と日本人の絹谷政江《きぬたにまさえ》さんという科学者が、受精後三ないし四日のニワトリとウズラの卵を使って行った実験があるんです。これは『免疫の意味論』のなかに紹介されている話です。受精したニワトリの卵のなかの胚の部分、そこに将来、いろいろなからだの部位に発展していく神経管という管がある。そのうちの腕に発達するであろうところの腕叢《わんそう》の部分を、ウズラの腕叢の神経管ととりかえるんです。その卵がふ化して、生まれたひよこは、かたちはほかのひよことまったく変わらないんだけど、それはウズラの腕をもったひよこなんですね。羽根だけが黒いんです。で、そのひよこはちゃんと仲間に交じっていろいろやってる。ところが、生後三週間から二カ月たつと、免疫体系が育ってくる。それで、そのひよこの免疫のシステムはウズラの神経管から発生した黒い腕を非自己と認定するわけ。そうすると、しばらくして、その腕が腐って羽根が麻痺してぶら下がり、やがて全身が衰弱して、ひよこも死んじゃうという。

五木 ひよこの免疫がウズラの腕を拒絶したわけね。

塩野 そう。さらに別の実験では、受精卵に、将来、ひよこの脳に発展するであろう胚の組織をウズラの脳の組織ととりかえるんですね。で、それをふ化させると、外見はやはりほとんどひよこのままなんです。写真を見ると、頭のてっぺんだけちょっとウズラのように黒い。ところが、そいつはウズラの脳をもってるんですよ。ひよこはピー、ピーと一音節ずつで鳴くんだけど、ウズラはピッピピーと分節をつくって鳴くんです。そのひよこは三音節で鳴くらしい。鳴くたびに、首を三回振る。つまりウズラの兆候《ちょうこう》を示すひよこが生まれ、しかし、しばらくしてニワトリ本来の免疫のシステムが成熟してくると、やがて、この脳は自分ではないと否定するんです。

五木 脳を否定するってことは、脳は本山《ほんざん》ではないわけね。

塩野 ええ、脳は免疫を否定できないにもかかわらず、免疫が脳を否定する。そうすると、脳機能障害が起きて、食欲がなくなって、眠りがちとなり、やがてひよこは十数日で死ぬ。

塩野 それはからだのなかで免疫が本山ってことですか?

五木 そう考えられるでしょ。そうするとですよ、人間の人格をきめるのも、じつは免疫の働きではないのか。それから脳と免疫とどちらが優位かというと、脳は免疫体系を拒絶できないけれども、免疫体系は脳を非自己であると拒絶できるという事実。これは押さえておかないといけない重大なテーマだとぼくは思うんです。つまり主たる自己はどこにあるかというと、免疫のほうにあることになる。ということは、脳死の問題とは、脳が死んだら、からだも死んだも同然と考えることなんです。ところが、実際には脳が死んでも、免疫の体系は生きている。髭も伸びるし、皮膚の組織も生きてる。だから、免疫のシステムが働いているかぎり、その人の死は認められない、というのがぼくの持論なんですけど。

塩野 脳なんていうのは、からだすべてを、たいして支配してないってわけね。

五木 現代は脳至上主義の時代だけど、脳が死んだからといって、すぐにその人間の臓器を移植するのはまちがってると、ぼくは考えるんです。それに加えて臓器移植の問題で、ぼくが反対しているのは、移植臓器は拒絶反応を起こすわけです。それを非自己であると拒絶させずに、あえて無理をして延命させるためには、免疫抑制剤を終生、投与しつづけなきゃいけない。ということはどういうことか。十五歳の子が心臓移植を受けたら、生涯何十年にもわたって免疫抑制剤を投与されなきゃいけないんです。免疫を人工的に抑制しつづけるということは、その子の唯一の自己同一性人格を抑制することなんですよ。

塩野 自己を確認する免疫を抑えますからね。これはしかし、たいへんむずかしい問題ですよ。

五木 このことを発言したら、善意のドナーやネットワークの人たちから、ぼくはものすごいお叱りを受けました。いま、まさに亡くなろうしている、心臓の提供を待っている子供たちがいる。その親の気持ちをあなたは踏みにじるのか、と言われて。

塩野 当事者でなければ、発言しにくいテーマが絡《から》む問題でもありますね。

五木 しかし、これはあくまでぼく個人の感想ですから。それに、こういう見方もあります。いま、心臓移植をするには億というお金が必要なんです。基金を募《つの》ったりしてますけれども、それと同時にひとりの移植患者が生まれると、製薬会社が生涯、免疫抑制剤を提供しつづけるマーケットができる。製薬会社は数多くの移植患者がいれば大きな事業を永続させることができるわけです。そのことを考えると、臓器移植は産業化していく危険性があるから、短期間の国会審議できめるのではなくて、宗教家も民族学者も科学者も詩人もいろんな人を入れて、十年間ぐらい審議してから、臓器移植法案を成立させるんだったら、そのほうがよかった。

塩野　日本人は十年かけるとなると、おそらく間際まで、審議もしないでしょうね。

五木　しませんね、きっと。あの法案成立が一日遅れると、日本の医学は十年遅れるとも言われました。しかし、審議もろくにしないでオーケーを出すより、臓器移植法案はもたもた十年かかって、討論してやっときめるほうが、世界から尊敬されるんじゃないですか。いま、アジアやアフリカで、スポーツドリンク一本あれば、命を失わないですむ子がいくらでもいる。ひとり二円か三円の負担で救える命だって、現にいっぱいいあるんですから。

塩野　五木さんの辺境の考え方が、なんだかわかってきたような気がするわ。基本は、脳至上主義ではないと。

五木　脳よ、傲慢《ごうまん》になるな、と言いたい（笑）。地方や末端、辺境が中心部をささえてるんであって、脳という精密なすばらしい組織も、そういう全体によってささえられている存在なんだと。

塩野 だから足の裏とか、指とかを大事にしようって話につながるわけだ（笑）。でも、免疫の話はたしかに、ある可能性を感じさせますね。

五木 現代の免疫学の特徴は、自我とはなにか、これが免疫の基本となる最大命題だから、これは免疫学か哲学かってことになります。ほんとにおもしろいですよ。

塩野 トレランスがあるってことがね。

五木 国際政治でも、イラクがあんなことをやってる。これを、いまのアメリカは十九世紀的な思想で……。

塩野 いやいや、アメリカぐらいトレランスのないところはないんです。しかも一神教のキリスト教でしょう。

五木 そうですね。

塩野 だから、日本に対する文句だって、まったくイントレランス、不寛容じゃないですか。

五木 なるほど。

塩野　だから、多田さんにはぜひアメリカに行っていただいて、広義のトレランス、寛容について、話していただくべきですよ。

ワインと車と、色のいろいろ

五木　塩野さんが選んでくれたこのワイン、おいしいですね。ぼくはワインの通じゃないから、よくわからないけど。

塩野　インドの王様の食卓にあったたっていう葡萄酒《ぶどうしゅ》なのね。

五木　そうですか。

塩野　飲むときはそのようなつもりで飲まなきゃならないわけ。でも、たいした値段ではないの。

五木　そういえば、若い頃ヴェネツィアで古いバーにわざわざ行ったことがあった。かつてヘミングウェーがよくここのカウンターで飲んだなんて話を聞くと、いや、ひとつのぞいてみようか、となるわけ。

塩野　われわれなら行きますね。

五木　つまらないことかもしれないけど、やっぱり、そういう下世話な好奇心というのも大事なことじゃないかと思う。

塩野　私、思うんですけどね、つまりいろんなものを楽しむのよ。だから葡萄酒ひとつにしても、舌で味がどうの、また何年物だの、そんなことは知ったことじゃないって感じがするのね。

五木　日本は、飲むワインの銘柄にこだわる人は多いけど、それにまつわる物語を楽しむという感じじゃありませんね。とりあえずデータ重視。

塩野　そんなの私、知らなくて、イタリアでの生活がずっと長いでしょう。そうすると、日本からやってきたかたと食事をすると、いつも「塩野さん、ワインをどうぞ選んでください」ってことになる。でも、選ぶったって、私の選ぶ基準はほかの人と相当ちがうからっていうわけですよ。私がワインを選ぶときはね、ぜんぶストーリーがある（笑）。

五木　それは正しいご発言（笑）。すべて〝もの〟には物語があるかどうかが肝心ですから。

塩野　つまりねえ、私は、その心であじわう。なんども申しますけれど、多くのことは、やはり心であじわうんですよ。

五木　ええ。

塩野　どのワインがいちばんうまいかってのを選ぶコンテストがありますとね、イタリア人やフランス人は意外とだめなんです。イギリス人が優勝したりして。どうしてかっていえば、産地の人間はやはり自分になじみのあるワインを五位ぐらいまでに選

五木　んじゃうわけよ。産地のない国の人間のほうが、厳密に選べるんですよ。
塩野　なるほど。情がはいり込むんだな。人間くさくていい話じゃありませんか。
五木　むしろ、私なんかはワインのいい悪いって、そんなに神経質になるような問題じゃないと思うの。飲むときの空気、ヨットの上で飲んだとかね、つまり潮風の香りとか、いろいろな要素がはいって、おいしいとね、感じる……。
塩野　ほんとにそうだね。一期一会《いちごいちえ》ってことも大事。味だけの問題じゃないです。
五木　それほど客観的な基準なんて、悪いけどないのよ。
塩野　それに好みの問題もあるしね。フランスにルイ・ロデレールというシャンパンのメーカーがあるでしょ。そこが十年くらい前かな、新しいシャンパンの披露パーティーを行うのに、いちばんスノッブですばらしい場所はどこかということになった。東京か、サイゴンか、それともニューヨークか、いろいろ調べた結果、いまなら絶対サンクト・ペテルブルク（旧レニングラード）だ！ということになったわけ。
五木　サンクト・ペテルブルク！（笑）
塩野　ええ、世界中のワイン評論家やジャーナリストなどを大勢呼んでパーティーをやった。ぼくもどういうわけか日本から三人招待されたうちのひとりに入れられてたんだけど、みんなをまずパリに集めて、飛行機をチャーターしてサンクト・ペテルブルクへ飛んだわけ。で、パーティーはエルミタージュ美術館でやったんですよ。

塩野 すごい！

五木 なぜエルミタージュ美術館でそのパーティーができたかってことなんだけど、ロシア革命後、建物が壊《こわ》れたりしてエルミタージュ美術館が苦しかったとき、ルイ・ロデレール社がけっこう長いあいだ、メセナ（文化活動の擁護）をつづけてた時期があったんだそうです。それで、ロシア側が新しいシャンパンの発表会にその晩だけエルミタージュ美術館を開放したとか聞きましたね。でも、なぜルイ・ロデレール社がロシアの美術館にメセナをやってたかというと、かつてアレクサンドル二世というロマノフ家の皇帝が、ルイ・ロデレール社のシャンパンを気に入ってオーダーし、自分のシャンパンだけ、特別に透明のクリスタルの瓶に入れてロシアまで送らせてたという。

塩野 シャンパンをクリスタルに入れたの？

五木 そう、ふつうシャンパンは直射日光を避けるために遮光の黒っぽい瓶に入れるけれど、当時はロシア皇帝暗殺のテロが流行《はや》ってたんですね。それで瓶に武器が隠されるとまずいというので、外から見えるようにクリスタルの瓶をつくった。それをつくったルイ・ロデレール社はロマノフ家御用達《ごようたし》という看板を掲げることによって格式あるメーカーになったそうです。その頃のロマノフ王朝の威勢はヨーロッパでもたいへんなものでしたから。以来、ルイ・ロデレールはロマノフ家に対しての歴史的記憶からエルミタージュ美術館のためにメセナをつづけていたらしい。それで新製品の発表会をエルミタージュ美術館でやることができたんだそうです。

塩野 それって、ほんとにひとつの物語ね。

五木 その晩はエルミタージュ劇場でのコンサートのあと、サンクト・ペテルブルク市長をはじめ、地元の芸術家や世界中から集まった招待客に、クリスタルのロゼのシャンパンが川のように、キャビアが山のように振る舞われて、みんなで飲めやうたえやの大騒ぎだった。

塩野 あのロゼのシャンパンはいいわよ（笑）、とてもおいしい。

五木 クリスタルのロゼはうまいです。だけどおいしいだけじゃなくて、その背後にね、ロシア革命の前からのワイン企業と王朝の物語があるのはおもしろいなあと思うじゃないですか、シャンパンを飲みながらね。

塩野　私も五木さんに絶対賛成。舌であじわうったって、そんなにあなた、客観的でいられますか。

五木　無理、無理。ほんとにわかるためには、これはやっぱり三代つづけて、飲まなきゃだめでしょう。

塩野　ですから、要するに私たちは心であじわう。そのために歴史や物語が助けてくれるんです。

五木　そうなんですね。

塩野　ナポリで飲む『キリストの涙』という赤ワインだって、キリストの涙って聞いただけで、いいじゃない。

五木　『キリストの涙』か。飲むともっとましな人間になれるかな（笑）。チリに行くと『悪魔の蔵』とかいう白ワインが有名ですね。

塩野　ミラノの近くのコモあたりにはね、『インフェルノ（地獄）』っていう赤ワインがあるのね。これを飲むときは地獄の決闘って感じですよ。やっぱり、いろいろあるわけ。

五木　ありますねえ。

イギリス車は友、イタリア車は愛しい人

塩野　五木さん、男にとって、いや、この頃は女もって言わなきゃいけないけれど、車はつまりドレスと同じことなんですか。あるいは、もっと大切なもの？

五木　ある種の男にとって車は、ときに女性以上の存在かもしれない（笑）。車ってやつは物語にあふれているもの。たとえば、メルツェデスというのは、ふつうベンツって日本人は言いますけれども、もともとはダイムラー・ベンツ社が多くつくるバスやトラックではない乗用車タイプの車だけをメルツェデスと言うんですね。メルツェデスは〝恵まれた〟とか〝幸せな〟とかいう意味らしいんだけど、創業者の幹部のひとりがとてもかわいがっていた娘の名前なんだそうです。その娘が亡くなって、その思い出のためにつけたのがメルツェデス。スペインなんかに行くと、いまでもメルツェデスという名の娘によく会います。

塩野 メルツェデスにのる男っていうのに、はたして、私なら魅力を感じるかしらねえ(笑)。

五木 それはのる車じゃなくて、人の問題でしょう。でも、ぼくがとてもおもしろいと思うのは、あの車はやっぱり骨の髄までドイツなんですよ。

塩野 そうねえ。

五木 イギリスの車というのはジャガーにしても、いろんなスポーツカーにしても、古い友人のように、わりとこう親しくつきあっていかなきゃいけない。

塩野 でも、この頃、イギリスって国はドイツのようになっちゃいましたよ。

五木 まあ、そうなんだけれども、でも、メルツェデスっていうのは、たとえば、ものすごく激しく扱えば扱うほど、車がよろこぶタイプ。

塩野 ハハハハッ。

五木 つまり、ウォーミングアップもなにもしないでいきなり走り出して、最悪のコンディションの道を二百キロで突っ走って、車をいじめればいじめるほど、忠実にそれにこたえようとする。

塩野 ああ、そういう意味でね。

五木　だから、メルツェデスには、ある種のファシズムみたいなものがある。つまり、サディズムとマゾヒズムが、こう微妙に絡《から》まりあってるような面があって、酷使すればするほどその車は、必死でその雇《やと》い主に対して忠誠であろうとする不思議な世界。

塩野　ワーグナーの音楽のようなもの。

五木　そうそう。メルツェデスの場合には、ドライバーは自分が主人なんです。車は親友というより、信頼できる忠実な部下なんですよ。

塩野　なるほど。

五木　イギリスの車の場合には、これは人生のよき友なんです。

塩野　友達ね。

五木　イタリアの車は女性。

塩野　ハハハハッ。

五木　愛しい人といいますか。

塩野　日本の車はどうなんでしょう。

五木　考えたことなかったなあ。そういう擬人化《ぎじんか》をして考えることがなかった。

塩野　なんだかゆったりと走り、安定もしていて、部品はぜんぜん壊れそうもなくてね。

五木 いや、人間にはたとえられないですね。
塩野 奥さんかしらねえ（笑）。
五木 いやいや、そんなこと言っちゃいけません（笑）。日本の車は人間にたとえにくい。イタリアの車っていうのはご機嫌とりながら、しょっちゅうグズグズ言うのを、一生懸命なだめすかして走る。
塩野 そうそう（笑）。
五木 その代わりもう、機嫌のいいときの、走りのあの感じはなんとも言えないっていうところがあるでしょ。
塩野 そう、それで、連れていると、なにやらいい感じの車が多い。
五木 ぼくはアッシジのどこまでも広がるケシ畑の海のなかの道を、赤いフェラーリで走ったことがある。あのときはもう死んでもいいと思ったもの（笑）。ほんとにあの瞬間は、そのくらい興奮しました。そのフェラーリはレンタルだったけど（笑）。
塩野 とてもよくわかるわ。アッシジは遠くに丘が連なっていて、丘のあいだは、イタリア語でバーレ（谷間）っていうんだけど、広い谷がずーっとつづいてるわけですよね。その真っ赤なケシの花が咲くバーレのなかを赤いフェラーリで走られたんでしょう。

五木 そう、ヴェルディの「飛びゆけ、わが心よ」の合唱が空から降ってくるような感じだった。

塩野 つまりね、そのときの五木さんには、もうご自分の走ってる姿が、なにやらアッシジの丘の上あたりからちゃんと見えてるわけよ。

五木 ハッハハハハ。

塩野 そうでしょう？

五木 カメラでパンしてる映像がね。イタリアのスポーツカーって車高が低いでしょ。ですから、ケシのちょうど花の高さを視線と平行に走ったときは、もうぶつかってもいいって思ったな。

塩野 それ、わかる。私は要するに、助手席にのるほうでしたから、自分では運転しないけれど、その感じはよくわかる。私はだから、ボーイフレンドが替わるたびに車も替わったわけ（笑）。それも悪くなかったけど。

五木 心臓には悪いけれども、でも、そういう興奮させるものが、やっぱり日本の車にはこれまで少なかったですね。酔わせないし、アルコール度がたりない。でも戦後五

Ferrari

十年あまりたって、ようやく少しずつ出てきたようです。

塩野 アルコール度がたりないというのは言いえて妙《みょう》。

五木 故障しないし、安いし、よく走るし、文句はないんだけどね。

塩野 でも、酔わせないのよね。

五木 酔わせないんだよね、なんというのかな、毒がないんです、日本の車には。

塩野 毒がないから、きっと万人《ばんにん》向きなんですよ。

五木 そういうことでしょう。

塩野 うん、だけど非芸術的ですねえ。

五木 実用的という意味では世界一です。

塩野 だって、やっぱり芸術っていうのは酔わせなきゃいけない。

五木 だから、そういう色気、あじわい、あるいは余韻というものが日本の車にはどうもたりないんです。それはなんだろうなあ。三十年前にアルファロメオのジュリエッタを中古で買ったとき、ステアリングにナルディってロゴが刻んではいってたんでぐっときた。でも、日本の車のハンドルは要するに機械の一部なんですよ。

塩野 ひとつ言えるのは、イタリア人は最高級品をつくらせたら、それはすばらしいですよ。ですから、フィアットの乗用車だったら、それは断じて日本の車のほうが性能はいいかもしれない。しかし、イタリアはフェラーリで、世界に伍《ご》してきたんですね。

五木 いまぼくが属している事務所がこないだまで使ってた車は、メルツェデスのEタイプですけど、あの車はメルツェデスの百年の歴史のなかでは革命的な車だと思う。

塩野 そうなの？

五木 メルツェデスが初めてなで肩の車をつくった。それまでの車は要するに、怒り肩だったんですよ。と同時に、直線から曲線へとEタイプで変わった。それから、いちばん大きなことはね、メルツェデスが見る人の目を意識したってこと。

塩野 へエーッ、それはドイツ人にしてはですよ、画期的《かっきてき》と言おうか（笑）。

五木 これは自分でハンドルをもって走ってみるとわかるけれども、かつて若い頃ぼくはメルツェデスの6・3SELなんて悪魔的な車にのってたこともあるけど、周囲の人の反発が必ずある。「チェッ」とかね、「あんなでかい車にのりやがって」という。

塩野 それは日本だけじゃないですか。

五木 もちろん日本の話ですよ。だけど、世界でもあったんです。やっぱり大きなメルツ

ェデスでのりつけてくるのは、たとえばドイツ銀行の人とか、そういう人たちが多いわけね。そうすると、アウトバーンでも蹴散らすように走るのがメルツェデスだというイメージがあった。それには反発があった。それがぼくもいやだった。ところが、Eタイプにのると、不思議なことにまわりの人たちがなんとなくトゲトゲしくない目で見るんだよね。

五木　あっ、そうなんですか。

塩野　「やあ、かわいいなあ、この車、カエルみたい」と子供までが言う。メルツェデスのマークはつけてますけど、まわりの目がふっと優しくなったなっていうことを、ぼくはハンドルを握って感じたんです。

五木　のり心地も変わった？

塩野　それはもう、車は常に新しいのがいいってことになってるんだから。次のSタイプはもっとよくなるでしょう。それは快適ですけれども、Eタイプでメルツェデスは初めて、車のデザインにユーモアというものがはいったわけ。どこかカエルみたいな変なやつ、みたいなね。

五木　それはドイツ人のデザイナーですか。

五木 知らないけど。いずれにせよベンツ社が徹底的に社内でつくり上げたコンセプトだからね。あの威圧的だったメルツェデスが、みんなのなかで愛されようという欲が出てきた。社会にとけこんでいこうとしたんだ。これはもうメルツェデスの大転換です。あの社は環境問題なんかにもかなり本気で取り組んでるわけですよ。

塩野 ちっとも知らなかったわ。

五木 「そこどけっ」って感じだったメルツェデスが、「すみません、前あけてくれる」みたいな大変化なんですね。メルツェデスは基本的に運転手が運転してうしろに乗ってもいい車だけれど、自分でもハンドルを握れる車なんです。ことにEタイプは自分で運転する車だと思います。ロールスロイスは運転手つきだけど、ベントレーは自分で運転してもいいというのと同じで。

塩野 ロールスロイスは自分で運転する車じゃないわね。Eタイプは何色が似合うの？

五木 いちばんスタンダードな色はメタリック・シルバーなんですね。メタリックというところがドイツらしいなあって思うけど。

ローマの夜空の色

塩野 レーシング・カーに国の色があるでしょう。

五木 そう、ナショナル・カラーがね。イギリスのチームはだいたいブリティッシュ・グリーンということになってる。

塩野 英国の伝統的な色はブリティッシュ・グリーンですよね。

五木 それから、イタリアン・レッド、これはもう有名。それからフレンチ・ブルー。

塩野 うん、それから、ドイツは白ね。

五木 白っていうか、ドイツはメタリックがよく似合う。

塩野 ああ、そうでしたか。

五木 日本がなんとなく白と赤なんですよ（笑）。

塩野 日の丸のね。

五木　いちばん、ぼくが素敵だと思うのは、ポルトガル。あの薄紫っていうか……。
塩野　ラベンダー色の。
五木　ポルトガルチームは強いのかどうか知らないけれども、あの色は素敵だよね。ナショナル・カラーっていうのは適当につけたものじゃなくて、やっぱり、その国のなにかがありますね。
塩野　サッカーのイタリアのナショナル・チームの色はブルーなのよ。
五木　ほう、それはおもしろいですね。
塩野　で、たしかドイツが黄色と白だった。
五木　でも、やっぱりイタリアの色っていうと赤だなあ。
塩野　こちらに住んでいて感じる色のイメージというと、ローマの場合は空の色。あのローマの夜空はねえ、それも夜空をただ見ただけじゃだめで、景色っていうのは、なにかが遮るわけね。
五木　トリミングされて完成するものがある。
塩野　そう、建物のあいだで見上げるローマの夜空は、なるほど、ミッドナイトブルーとはこういう色かって、感動しますよ。でも、おっしゃるとおり、車はフェラーリの赤。

五木 そうなんです。やはりイタリアの車は赤だね。

塩野 イタリアの場合、ひとつの色じゃなくて、ハーモニーでイタリア的に感じることってありません？

五木 うん、それはたしかにそうだ。ハーモニーっていうのは大事ですね。

塩野 グレーの濃淡だけでも、イタリアはおしゃれ！って感じの色合いをつくるじゃないですか。

五木 うらやましい。で、日本の色ってなんですか。

塩野 なんでしょうねえ。

五木 鼠《ねずみ》色かな。

塩野 いやあ、鼠色はかなり江戸時代の後期になってからでしょうねえ。

五木 安土桃山時代の傾《かぶ》く感じでは、もっと派手だよね。

塩野 そうですよ、けっこう、金襴豪奢《きんらんごうしゃ》な色ですね。

五木 韓国は一貫して白じゃないかしら。ペクトラジというと白いキキョウ。それくらい、はっきりした国民性をあらわすような強力な色は日本にはないみたいですね。なんだろう、日本の色は。

塩野　すぐには思いつかないわ。でも、イタリアの色はなにかと言われれば、車は赤、サッカーチームはブルーというだけであって、別に、あんまり特定しなくてもいいかもしれない。

アートを最高に楽しむコツ

塩野　このホテル・インギルテッラは私の散歩コースにはいってるの（笑）。

五木　スペイン広場の近くにこんな瀟洒《しょうしゃ》なホテルがあるとは知らなかった。

塩野　フォロ・ロマーノでローマ帝国の面影をご覧いただいたから、対談場所も古代ローマっぽいところがいいかなと思いまして、このホテルのレストランにいたしました。

五木　このレストランはまた、雰囲気があるというか、壁におもしろい絵が描いてあるじゃありませんか。

塩野　ええ、ローマン・ガーデンという名前のレストランなんですけれど、ローマ時代の庭の絵を壁に描いてあるんですね。壁にこうして庭の絵を入れていきますでしょう。そうすると、部屋が広く感じられてくるわけ。

五木　そんなに広くないはずなのに、落ち着きますね。壁やテーブルクロスの基調になってるペパーミントグリーンもいい。

塩野　空間っていうのは、意外と人間がつくるんですね。

五木　それはほんとにそう。ずっと昔のことだけど、ソ連時代にバイオリニストのオイストラフが来日したときに、代々木の体育館みたいな場所で演奏しろと言われて、彼がこんなところじゃ音が悪いからできないと言ったんですよ。そのときにミキサーの人が絶対にちゃんとした音を出せるからと断言した。実際、客が満員になったら、音が変わったんですって。すごくいい音に。

塩野 あーら、まあ……。

五木 オイストラフも、これならいいと感心するような音が出た。空間は人間が変えるものですよね。

塩野 変えますよ。

五木 ヴァティカンで大晦日だかにローマ法皇が話をするじゃないですか。テレビで見てるとほんとにぎっしり人がいるでしょう。そうすると、なんだか威圧的な感じのヴァティカンの建物がそうでなく見えてくるから不思議。

塩野 そうなんですよ。安藤忠雄《あんどうただお》さんがローマでナヴォーナ広場の近くにあるパンテオンを見て感動したんですね。建物の価値というのも、感動する受け手の人間の感性によりますよね。

五木 そう、建物はなかの人間や受け手の存在で変わってくるわけですから。

塩野 フィレンツェのサンタ・マリア・デル・フィオーレ教会は花の聖母寺という意味なんだけれど、たくさんの人がはいってみると、じつにすばらしい教会ですよ。

五木　安藤さんはぼくと同じ年に同じコースで横浜からバイカル号にのって、シベリア航路でフィンランドへ行った世代です。で、フィンランドのヘルシンキで、北欧のモダンな建築に出会って、とても感動したらしい。

塩野　安藤さんの建物は、なかにはいったときの空間感覚がなかなか見事ですね。

五木　以前、彼と、能登の旧家で、土蔵のなかをぜんぶ赤と黒の漆《うるし》で塗っている家を見に行ったんですよ。総漆《そううるし》なんですね。これには彼もぼくもびっくりした。

塩野　なんのために赤と黒の総漆なの？

五木　そこの地主に話を聞いたら、冬が長くて、そのあいだ、小作人たちの仕事がないと。それで、能登は輪島塗りの本場ですから、そういう職人たちになにか仕事をさせなきゃいかんというので、土蔵のなかでも塗りますかっていうんでつくったらしい(笑)。そうやって赤と黒で何百年前に塗ったのが、まるで江戸川乱歩《えどがわらんぽ》のような、なにか不思議な感じでおもしろかった。

塩野　それこそ、白無垢《しろむく》で座らなきゃって感じね。

五木　ハハハハハ、よくぼくら、輪島塗りというのは、お盆とか椀で見るぐらいですからね。赤い部屋がなにかこう、血で塗られてるような感じで、それが壁全体、天井まで塗ってあるんですから、異様ですよね。これをさせたご主人は独特の審美眼《しんびがん》の持ち主だったにちがいないって気がしましたけど。

塩野 なんに使われたのかしらね。

五木 聞いても、よくわからなかったんだけど、そのとき、安藤さんに、ぼくは申しわけないけど、コンクリートの打ちはなしというやり方は大嫌いなんですと言ったんですよ。そしたら、安藤さんが、あれは私が広めたようなものだから、そう言われると困るな、と笑いながら、ほんとはちがうんです、と言った。ぼくが、あれは五年か十年ですぐに醜くなるでしょ、と言ったら、それはユーザーの責任なんだと言うんですよ。コンクリートの打ちはなしは、じつはとても繊細《せんさい》で贅沢《ぜいたく》な技術であって、しょっちゅうメンテナンスしなきゃいけないんですって。

塩野 たいへんだ、それ……。

五木 ところが、いまは工程省略のための原価を安くする方法として使われたり、施工主も完成後はまったく建物のメンテナンスをやらないらしい。打ちはなしをやるなら、オーナーもそれなりの覚悟が必要なんです、なんて言われてなるほどと納得した。

塩野 それは私も言われた。だけど、そんなにデリケートで、手がかかるものなのね。

五木　手入れをすると、コンクリートの表面に木目のようなものが出てきて、とても美しいらしいんですよ。ぼくはそれを聞いて、納得しつつも、建築家はそれを依頼主にやらせるところまで、アドバイスしなきゃって、言いましたけれど。

塩野　なにごともすべて手がかかるってことですね。

プロフェッショナルな執事

五木　小説のタイトルを日本語に翻訳するときに、かなり文学的に翻訳してるものがいっぱいあるわけですね。たとえば『罪と罰』なんて、すごくカッコいいでしょう。

塩野　カッコいいわね。

五木　だけど、訳し方しだいでは『犯罪と処罰』でもよかったと思うんですね。原題はロシア語で『プレストプレーニエ・イ・ナカザーニエ』って、いうんだけど。イタリアの学者がその前に同名の本を書いていますから、ドストエフスキーもそれを意識していたはずです。

塩野 ああ、なるほど。

五木 それから『白痴』はもちろんイディオット（愚か者）ですから。

塩野 ええ。

五木 モスクワでタクシーにぶつかりそうになると、「イディオット！」ってタクシーの運転手がどなるわけ。

塩野 だから、ほんとうはもっと乱暴な表現で……。

五木 「頓馬《とんま》野郎！」

塩野 ああ、そんな感じよね。

五木 だけど、「頓馬」とか「阿呆」とか訳したら、絶対広くは読まれなかったでしょう。それから『悪霊』というのも、豚についた悪魔だから、ほんとは豚の悪魔と書いて『豚魔』というのがいいとぼくは思うんだけど（笑）。ドストエフスキーの日本語の訳って、なんとも深淵《しんえん》なものを感じさせるぐらい、うまくできすぎてると思う。

塩野 五木さんは小説の題をつけるのがお上手ですよね。

五木 いやいや、話をそらさないでください（笑）。たとえばチェーホフの『桜の園』というけれども、あれは中国でいうところの『桜桃園』なんですね。あの桜は気取った貴族の屋敷《やしき》に咲くさびしい桜の花のことじゃなくて、サクランボを収穫する巨大な産業としての桜桃の農場の表現なんですよ。当時のロシアにとっては、サクランボは輸出の大きな財源で、おもにイギリスに輸出していたんです。それを考えると、白鳥の歌が聞こえるような桜の花の散る下で、抒情的に演じるんじゃなくて、桜桃の農園を家内工業的に経営していたブルジョワ階級が、近代産業の前でやっていけなくなる。そういう時代のうねりのなかでの勢力交代のドラマなんですよ。

塩野 なるほどね。私の前の亭主がシチリアの貴族の家系だったものだから、私、ヨーロッパのいわゆる有産階級というのは、どういうものかをちょっとのぞいたわけね。ヨーロッパの有産階級が没落したわけは、お金がなくなったんじゃなくて、使用人になる人間が少なくなったからなんですよ。

五木 なるほど。

塩野 あのシチリアの片田舎にしてですよ、家は大西洋航路の船を手がけた内装家につくらせて、室内がオール・アール・デコ。なかへはいったら、それこそ「桜の園」ですよ。

五木　ちょうど以前、能登でぼくが見たことのある総漆塗りの赤と黒の蔵のイタリア版みたいなもんだね。

塩野　そうかもしれない。テーブルクロス、銀食器、なにからなにまでとてもじゃないけれど、使用人がいないと使えないんですよ。結婚していた当時は毎夏、三カ月その海辺の家に行くんだけど、お手伝いさんがいないとやっていけない。で、ついに私はフィレンツェから自分のお手伝いさんを連れていきました。それでいて、ひとりではだめなんです。二番手のお手伝いさんも必要だった。

五木　結局、使う人と使われる人というのは立場のちがいだけなんですよ。差別ではないんですね。考えてみると、使われる人がプロ意識をもって、ちゃんと存在するほうがいいんだ。

塩野　でも、まあ時代が変わって、みんながみんな工場で働きたくなっちゃったんですよ。で、ヨーロッパでも、そういうプロの使用人が減りました。

五木　そういうことですね。だけど、ヨーロッパにはすべてを熟知したプロの執事を育てるような専門の学校があるんでしょ？

塩野　ええ。

五木　プロフェッショナルな執事は、プライドももっているし、生涯そこに仕えるわけで、ほんとにたいしたものだと思う。

塩野　ねえ、五木さんはバトラー（執事）をおもちになるってお考えになりませんでした？

五木　ハッハハハ、それはちょっと。バトラーねえ……。

塩野　五木さんの経済力だったら、おできになったんじゃないの？

五木　ぼくは旅行もひとりで鞄さげてフラフラ行くもんですから。身軽がいちばんだし。

塩野　でも、バトラーは身軽にしてくれる人なんですよ。

五木　そうか。ぼくはホテルを三十年以上も仕事場にしているでしょ。で、とりあえずホテルのスタッフが万事、気を配ってくれる。それから、三百幾つあるその系列のホテルへ行くと、昔、あのホテルのカフェにいましたとか、ドアボーイでしたとかってあいさつに来る人がいましてね。みんな支配人とかになって、全国にいるわけ。あとぼくにはいま、コムラくんという弟みたいなアシスタントがいて、スケジュールから連絡、車の運転まであらゆることをやってくれてるんですよ。もう二十五年以上になるんです。

塩野　まあ、長いですね。

五木 山口から出てきて、実弟のアシスタントをやってたんですが、弟が亡くなったものだから、その代わりにぼくの仕事を手伝うようになったのが、彼が二十歳のときだった。以来、ずーっとやってくれていま、四十ン歳ですもの。

塩野 それはまさに執事よ。

五木 もう一種の執事なんですね。だから東洋風の執事なんです。で、彼は若い頃ぼくには言わないけれど、テロとか、だれか変な人にあったら、「身代わりに自分が刺される」って、まわりの編集者に言ってたらしいんだよね。そんなこと言ってるうちに結婚して、いまは子供も二人いるから、さっさと逃げるんじゃないのかってぼくは言ってるんだけど（笑）。でも、やっぱり二十数年つづくっていうのはなかなかのものですよ。身内ながら偉いと思う。

塩野 なかなかつづかないですよ。私なんかいま、フィレンツェ時代から二十年つづいてるお手伝いさんが、ついに老齢になりましてね。からだがいけなくなってきて、代わりを考えなくてはいけないと思っているのに。

五木 いつも彼に、「ぼくにあやまるのも月給のうちだからね」って言うんです。なんでぼくにあやまるのか。あやまる必要がなくてもあやまってもらう。「なんだ、きょうは

塩野　天気が悪いじゃないか」って怒ると、彼は「すみません」と言ってくれるわけ。ハッハハハハ。

五木　天気は自分の責任じゃありません、とか、そんなふうに正しいことを言わないでくれ、と、あらかじめ頼んである。まあ、漫才だと思えばいいんです。

塩野　なるほど。

五木　この年になると、ややもやして、いろんなことで腹が立つことがあって、だれかに理由もなく、当たりたいときがあるんだと。そういうときは、天気が悪いのだって腹が立つ。最近は「なんで阪神、きのう負けたんだ」「すみません」(笑)って、ちゃんと言ってくれるようになりました(笑)。理不尽な話だけど。

塩野　うわーっ、すごい。

五木　最近は空を見て、すごく申しわけなさそうな顔をして、「いやあ、申しわけない。きょうも雨、天気悪いです」って、先回りして言うから文句言えなくなった(笑)。バトラーもたいへん。

塩野　一本とられてる感じね(笑)。息子が「ぼくが成功してお金持ちになったら、ママに執事を雇《やと》う」って言うの。だから「いらないわよ、そんなもの」って言ってるんです。なにしろ、私は鍋焼きうどんなんかを食べたいんだからって言ったらね、執事に鍋焼きうどんのつくり方を教えるって（笑）。

映画少女のルーツ

塩野 映画『バットマン』でね、バットマンと執事である、あのアルフレッド・ペニーワースとの関係っていいじゃないですか。ご覧にならなかった？

五木 『バットマン』はぼく、見てないんだ。

塩野 息子がいると、そういう映画も見ちゃいます（笑）。

五木 やっぱり映画はできるだけ見たほうがいいですね。年をとるに従って、映画はどんどん見たほうがいい。塩野さんはほんとによく映画を見てらして偉いですね。文学少女っていうのはいるけど、塩野さんは映画少女だったんだ。

塩野 私は、それこそうちの両親によって、読書と映画をまったく同等に扱われましたからね。なにしろ私がおなかにいるときに、うちの父は「きょうは絶対この映画を見に行こう」と母を誘って、母は「こんな嵐の夜なのに」と言いながら、有楽町で嵐の夜に見たのが、なんだか嵐が出てくる映画だったんですって（笑）。だから私はおなかにいるときから映画を見てるんです（笑）。そういう家なんですよ。お金はなかったけど、本と映画だけは不足しない家でしたね。

五木 ご両親ともたんへんな映画好きだったんですね。

塩野 ええ。うちの両親がイタリアへ来て、どこへ行きたいかって聞いたら、まず最初にコモ湖って言ったのね。

五木 『舞踏会の手帖』？

塩野 そう、コモ湖は『舞踏会の手帖』の舞台だったから。だから、連れていきましたよ（笑）。

五木 ずいぶんモダンなご両親でしたね。すごい。

塩野 大正デモクラシーですよ（笑）。

五木 いや、でもイタリアへ来て『舞踏会の手帖』の跡をたずねたいなんていう人は、ちょっとめずらしいよね。

塩野　うちは両親ともにそういうふうでしたの。なにしろ、父が母と結婚したときにもってきたものは、神田の書店の借金と、もうひとつはすごく大きなマレーネ・ディートリッヒの写真だった（笑）。

五木　映画少女のルーツはそのあたりですか（笑）。ぼくも映画は大好きで、ディートリッヒの家まで行ったもの。

塩野　パリの家？

五木　いや、ストックホルムの生家のほう。いまは一階がレストランになってる。それにディートリッヒが戦後、ヨーロッパに帰ってきて初めてコンサートをティボリ公園でやったのも聞きました。そのときに彼女が最後にうたったのが、あの『花はどこへ行った』です。『花はどこへ行った』というのは、ケネディ大統領が死んだときにうたわれたので誤解されてるけれど、ピート・シーガーがショーロホフという作家の小説『静かなドン』を読んで、そのドン川の流域で生まれ死んでいく民衆たちの生涯に感動してつくった歌なんですよ。

塩野　映画になりました？

五木　どうだったかな。それで『静かなドン』に捧ぐっていう言葉が添えられている歌なんですよ。ぼくは、いまの若者たちにとっての映画と、数十年前の若者にとっての映画はちょっとその存在がちがうと思う。昔はそこに、生きるということが重なってる部分があったもの。

塩野 たしかにそれはありますね。

五木 一九五〇年代はイタリア映画全盛で、ぼくらはヴィットリオ・デ・シーカの『自転車泥棒』を見て育ってきた人間だから、ローマというとやっぱり『無防備都市《オープン・シティ》』っていう映画のタイトルがすぐ連想されるわけ。

塩野 そう、名作っていうのは、やっぱりものすごい命よ。

五木 そういう映画をなぜ財産として継続して、見つづけられるようにならないんですかね。

塩野 イタリアではちゃんと古い映画を復元してますよ。

五木 そうあるべきだよね。だって、いまの若い人はあんまり、ネオリアリズムの作品を知らないもの。

塩野 いまは、ビデオで昔の映画を見てるんですよ。

五木 それはそうなんだけど、同時代で見るのとやはりちがう。ぼくは作品の一回性というものにどうしてもこだわるほうだから。

塩野 それはもちろんわれわれは、その時点で見たんだけど、それでも戦争中は見られなかったから、フランス映画の名作は、私はぜんぶ名画座で見ましたよ。

五木 ぼくも昔、新宿にあった日活の映画館によく通いました。入場料三十円だったな。その代わり五階までエレベーターがなくて、階段で上がっていくんだけど、でも、とりあえず、あそこでいろいろな映画を見ましたね。それこそフランス映画の『天井桟敷の人々』とか……。

塩野 見た、見た。

五木 『肉体の悪魔』とか『鉄路の闘い』、『ヘッドライト』、『影』、『夜行列車』……。

塩野 ぜんぶ、見たわね。

五木 ぼくと塩野さんは、じつは、同世代ではなくて、塩野さんのほうがもちろんずっとお若いんだけど、塩野さんは映画少女だったし、おませだったから(笑)、ほとんど同時期に同じ映画を見てることになるんですね。

塩野 子供向きかどうかはまったく関係なく、自分たちがよいと思った映画には、やはり両親が連れていってくれましたからね。

五木 塩野さんはルキノ・ヴィスコンティとずいぶん親しかったとか聞いたことがあるけど。

塩野 ええ、昔ね。何度かお目にかかりました。

五木 ぼくは『夏の嵐』が学生時代の大好きな映画のひとつだった。

塩野 圧倒的に美しかったしねえ。

五木 あれも、原題名はちがうんですってね。

塩野 『SENSO《センソ》』っていうんですよ。直訳すると「官能」ですね。

五木 でも『夏の嵐』って思い込んでるもんだから、『夏の嵐』というと彷彿《ほうふつ》としてうかび上がるものがあるんだけど。

塩野 あの原作はじつにつまらないんだけど、ルキノ・ヴィスコンティがいかに見事な映画にしていったかですね。

五木 ヴェネツィアの夜明けの波止場を女主人公がロングドレスを着て、さーっと走っていくじゃないですか。あのシーン、なんともいえなかった。女主人公のアリダ・ヴァリ、好きだったな。ですからぼくの場合には、ヴェネツィアの景色が美しいから行くんじゃないんですよ。『夏の嵐』があるからヴェネツィアに行くんだ（笑）。

塩野 私が『夏の嵐』を初めて見たのは高校生の頃だったわ。

五木 それから、ヴェネツィアにはやはりヴィスコンティあればこそ、行くわけです。塩野さん、初めて見た映画ってなんでした？ 記憶あります？

塩野 うーん、『にんじん』あたりじゃないですかねえ（笑）。

五木 それはちょっと高級だなあ。ぼくは昭和十年代に『孫悟空』を見たのが初めてだった（笑）。そのあとはもう戦争中ですから『ハワイ・マレー沖海戦』とか『あの旗を撃て』、『加藤隼《かとうはやぶさ》戦闘隊』とか、そういう戦意高揚《こうよう》映画をずーっと見ながらも、やっぱり映画っておもしろかったですね。戦後はチャンバラとか美空ひばりとか。

塩野 イタリア映画はムッソリーニがずいぶん後援したんですね。ヴェネツィア映画祭もムッソリーニが後援していたし。

五木 ヒトラーもそうだよね。ヒトラーはベルリン・オリンピックの競技場を建設するときに、レニ・リーフェンシュタール監督に「あなたのカメラ・アングルにとって最適な観客席をつくるから」と彼女の希望を聞いたという。あの『美の祭典』にもすごい魅力があるとしたら、それはリーフェンシュタールとヒトラーの合作かもしれない。

塩野　芸術家が自分のやりたいことを成し遂げるためには、悪魔にだって魂《たましい》を売りますよ。

五木　ハッハハハハ、そう、それはいかにもイタリア的な考え方だ。ぼくも悪魔に魂も身も捧げていいから、やりたいことを成し遂げたいと思うことがあります。

塩野　変な悪魔じゃだめなのよ。

五木　いいかげんな小悪魔に売ってるようじゃ、気持ち悪いんだよね。

塩野　芸術家って本物はそんな、へなちょこじゃないと、私は見ているんですよ。

五木　だから悪魔に売るときは、魂まで売る覚悟じゃなきゃ、やっぱりだめだね。そうすりゃ、それもまた魅力として生きてくる。

スター不在の時代

塩野　ところで、五木さんは俳優はだれがお好きでした?

五木　日本の俳優では佐分利信《さぶりしん》と森雅之《もりまさゆき》が大好きだった。

ELVOX

塩野　森雅之ってきれいだったわねえ。

五木　日本人の男優のなかじゃ、エレガントな唯一の男だったでしょう。

塩野　私が森雅之のことを、「ああ、あの人は……」と言ったら、黒澤明《くろさわあきら》監督がね、「きれいだったろう」って、すぐさまおっしゃった（笑）。

五木　いやあ、森雅之はほんとに、なんともいえない色気のある目つきをしてたもの。

塩野　そうでしたねえ。女優ではどなたがお好きでした？

五木　ぼくらはやっぱり、引き揚《あ》げてしばらくの頃は久我美子《くがよしこ》さんが好きだった。今井正《いまいただし》監督の映画でね。

塩野　ガラスごしにキスをする『また逢う日まで』。

五木　外国の俳優では『舞踏会の手帖』のルイ・ジューヴェ、『ヘッドライト』のフランソワーズ・アルヌール、彼女はほんとによかった。

塩野　ああ、『ヘッドライト』でジャン・ギャバンの相手役をする人よね。

五木　ちょっとこう、うらぶれた感じのおねえちゃんで。それにケイ・ケンドール。それから、やっぱり『肉体の悪魔』のミシュリーヌ・プレール。

塩野　そうそう、ジェラール・フィリップを誘惑するマダム。そういうのをわれわれは見てたんですよね。

五木 すばらしかったんだよ、あの時代は。

塩野 私は長女で兄がいなかったから、永遠に兄貴待望なんですよ。そうすると、年上の兄貴風に憧れるんですよ。もうそれはしようがない。

五木 ハンフリー・ボガードも、それからもちろん、塩野さんのお気に入りの『真昼の決闘』のクーパーも、好きだけどね。

塩野 昔の映画には俳優の存在感があったのね。ハリウッド全盛時代は、あのスター・システムも、私は意外におもしろいと思う。

五木 ぼくも、おもしろいと思う。

塩野 何人かのスター俳優がいて、クラーク・ゲーブル、ゲーリー・クーパー、ジョン・ウェイン、ジェームズ・スチュアート、ケイリー・グラント、みんなそれぞれにちがった男のタイプなんですね。

五木 ええ。

塩野 いかにも善人そうなゲーリー・クーパーとジェームズ・スチュアートを見ても、ジェームズ・スチュアートは映画のなかで非常に、怒りっぽい。いい意味でも怒るの。

ヴェネツィアングラス

五木 そうです。

塩野 ところがゲーリー・クーパーのほうは静かな男。だから、怒る男は嫌いっていう人はゲーリー・クーパーの映画を見ればいいわけでねえ。

五木 なるほど。

塩野 クラーク・ゲーブルとジョン・ウェインとは同じようなマッチョでも、あれもまたちがう。だから、スター・システムって、観客それぞれの嗜好に合うような俳優が出てたわけ。

五木 エロール・フリンは色気がギトギトしてすごかったし。また、一見、とてもインテリジェンスのある俳優もいた。『第三の男』のジョセフ・コットンだったっけ。もうひとりの気味悪い男の役の……。

塩野 オーソン・ウェルズね。

五木 そう、そちらばかりクローズアップされるけど、ぼくはなんとなくあの映画では影の薄いようなジョセフ・コットンが好きでしたね。彼にはなにかがあるもの。

塩野 私の母が好きだった。

五木 そうですか、へえ。

塩野 私が思うにはね、見てる人間が芸術は鑑賞しなきゃいけないっていうふうに思わないで、自分の感性に合うものをもっと楽しめばいいと思うの。だから、私はどんな駄作《ださく》であろうとも、ゲーリー・クーパーが出てれば、ちゃんと見るんです（笑）。

五木 ゲーリー・クーパーが実際、どういう男だったかは関係ないんだよね。

塩野 関係ないのよ。映画のなかの彼を楽しめばいいわけ。案外、おもしろくない男だったにちがいない（笑）。話だって、つまらなかったんじゃないかしら。

五木 世の中にスターがいた時代があった。いま、スターがいないでしょう、ほんとにつまらないよね。

塩野 ロバート・レッドフォードがサンダンス映画スクールをやっていますよね。そこでのインタビューで彼はこう言ってるわけ。「ここにいる若手はとても優秀だけど、彼らは映画にとって、脚本ばかりでなく、俳優の選定がどれぐらい大切か、映画は俳優の存在自体にかかっていることをまだ知らない」って。

五木 映画は肉体だから。

塩野 唯一ゲーリー・クーパーがいいのは、やはりスターの顔というものをもっていた。スターはなにかがちがう。いま、人気沸騰のレオナルド・ディカプリオなどとはち

ょっとちがう独特の存在感の持ち主でしたね。

五木　スターは存在感がすべてですね。

塩野　だから、たとえば若い頃のマーロン・ブランドはどんな群衆のなかにいたって目立っちゃいますよ。

贔屓《ひいき》をつくる贅沢

五木　見えないオーラがあるんだね、年をとっても。老いたらますます映画を見るべきだって言いましたけれど、塩野さんがおっしゃるように映画を楽しむコツってものがあると思う。

塩野　映画だけじゃなくて演劇とか、音楽会、ましてやオペラなんぞは、まさにそうですよね。若い頃、イタリア・オペラを見始めたときなんて、当時のお小遣いを前借りして楽しんだもの。オペラを見て、あっ、これがイタリアだって思った。

上＝ヴェネツィアのサン・マルコ広場

五木　ぼくの友人でベルリン大学でワーグナーの世界に魅せられて、ドイツに住み着いた女性がいるんですよ。彼女はやはりオペラはドイツだと言うんですよ。イタリアのオペラを見てるとね、テナーが喉ちんこまで見せてうたっていてとっても下品だと言うわけ。猥雑《わいざつ》な感じがするって言うんだ。それに対してドイツのオペラはひと言ひと言の言葉の表現にも哲学的な深みを感じるって言うんだけど、ぼくが思うにオペラはそんな高尚なものばかりじゃなくて、その下品さもまたオペラの神髄なんであって。

塩野　ドイツ・オペラっていうのは、いわば神々になっちゃうのね。だけど、イタリア・オペラでは、常に生身の人間なんですよ。

五木　そうそう。オペラは退屈だという人がいるけど、それはちゃんと鑑賞しようと思うからだめなんで、あれは贔屓の歌手をつくらなきゃだめなんです。

塩野　歌舞伎でもオペラでもそうよ。

五木　自分の贔屓の歌手が出てくるまでうたた寝してて、お目当てが出てきたら、「ブラボー!」とか手をたたいて見るもんなんだ（笑）。いちばんいいのはプリマのパトロンになることなんでしょう。ソプラノ歌手かなんかがこっちだけを見てうたってくれるというのが、それは最高じゃないですか。

塩野 それはあなた、最高の贅沢よ（笑）。

五木 もちろん夢（笑）。だから、オペラを見るコツっていうのは贔屓をつくるにかぎる。また展覧会を見るコツっていうのも、ぼくはひそかにひとつもってるんだけど、それはもしも盗むとしたら、ここにある絵のなかでどれを盗むかということを本気で考えながら絵を見ると、とっても真剣になれる、ということ。漫然《まんぜん》と名画をたくさん見てると、頭のなかがぼやけてくるんです。

塩野 私、それは卓見《たっけん》だと思う。

五木 一点、命がけで盗むとしたらどの絵を……（笑）。

塩野 これからはそう思いながら見ます。もう命がけで（笑）。

五木 塩野さんも、モダンダンスなんかを見てでもね、あのダンサーたちのなかで、もし今夜、自分にかしずかせるとしたら、どの男がいいかと思って、ご覧になったらいいんじゃないですか。

塩野 そう、私、フラメンコなんてまさにそうやって見てる（笑）。

五木 ハハハハッ、やっぱりそうか（笑）。オペラも自分の贔屓をつくるほうがいいし、バレエなんて、ある意味ではあの時代に、あそこまでエロティックな格好ができるのはバレエだけだったはずです。バレエくらい、人の心を刺激するものはなかったわけ。そういう要素にベールをかぶせて、芸術につくり上げてたんだから。

塩野　何人、贔屓がいるかで、人生の楽しみもふくらみますね。

私たちにとって宗教とはなにか

五木　ぼくは韓国と日本のちがいのひとつに宗教観があると思うときがあります。韓国では朝鮮戦争以後、わずか何十年のあいだに一千万人以上もクリスチャンが増えたわけですね。かたちだけではなくて、きちんと教会に行って、神に祈っているわけだから、日本人の宗教とのかかわりとはずいぶんちがうような気がします。日本人は宗教に関してはある意味で、曖昧であると同時に、反面とても頑固なところがあるんじゃないでしょうか。

塩野　日本人は、信長《のぶなが》が比叡山《ひえいざん》を焼いたために、宗教と一般生活は別であるという洗礼をすっかり受けちゃったんじゃないかと思ったりするの。

五木　織田信長というのは本能的に、宗教の力っていうものをこれはたいへん恐ろしい力をもったものだと鋭敏に感じてた人なんでしょうね。でなきゃ、あれだけ徹底したことはやりませんから。

塩野　日本には宗教がないから、いま、精神的に混乱してるっていう人がいるけれど、実際は混乱してるから、宗教のほうに顔が向いてるんじゃないかと思うのね。『蓮如《れんにょ》』をお書きになった五木さんはどうお思いになります？

五木　日本人にはよく宗教というものがないと言われるけれど、それはちがうんじゃないかと思いますね。つまりヨーロッパ的な一神教的な考え方からすると、アニミズム（万物に霊魂が宿るとする信仰）やシンクレティズム（神仏習合）というのは、基本的にはあまり宗教とは認めないわけでしょ。

塩野 それは、われわれが一神教だけを宗教だと思えば、そうです。しかし、一神教でない宗教も……。

五木 ええ。ありますよね。日本の場合、たとえば朝、太陽がのぼるのを見て、柏手《かしわで》を打ってお辞儀をするとか、西の空に沈む夕日に合掌して浄土を思うとか、それから大きな森の木に注連縄《しめなわ》を張るとかね。そんな感覚がある。ああいうものを頭っからプリミティブ（原始的）な、要するに宗教以前の劣ったアニミズムだというふうに解釈して、あれは宗教じゃないなどと言う人がいるんだけれども、ぼくはそうじゃないと思う。

塩野 おっしゃるようにぜんぜんそうじゃない。あのねえ、古代ローマの宗教がそれですよ。古代のギリシア、ローマ時代の宗教は一神教ではないでしょう。あの、一神教と多神教というちがいは神の数じゃないんですよ。どういうことかっていうと、ローマ人は他民族を征服したら、その人たちがもっていた神まで一緒に連れてきちゃうわけ。ここローマへ、神も人間もみんな来るわけですから。

五木　愉快だね。たしかにそうだ。

塩野　そのとき、コミュニティというのができる。やっぱり人間、絶対にメチャクチャになっては住めないですよ。必ず、こちらはユダヤ系、こちらは何系っていうのができるわけよ。そうすると、そこでいちばん大切な精神のよりどころって宗教なんです。古代ローマではそれを認めるって言ったので、延々三十万もの神々になっちゃったわけ。ですから、多神教と一神教のちがいはなにかといったら、相手の信ずる宗教を認めるか……。

五木　認めないか。

塩野　そのちがいなんです。それで、私はもう断じて、多神教です。その面で私は一神教を認めないんじゃなくて、本にも書いたけれど、ユダヤ教徒やキリスト教徒と古代ローマ人の考え方はなぜちがってきたのかってことですね。一神教というのは、神の前に平等だとイエスが言って、みんな感激したけどね。あのとき、イエスはなんと言ったかというと、われわれが信ずる神の前では、われわれはみな平等だと言ったんです。

五木 そこが大事なところですね。

塩野 私はキリスト教徒ではないのね。息子は少なくとも小児洗礼を受けています。だから息子にね、つまりキリスト教の考えからすると、私とあなたは平等ではないってことになるわって言ってるの。

五木 なるほど、おもしろい。いや、おっしゃるとおりだと思います。

塩野 なにも無意識に、日本という国に教会ができ、モスクができ、いろいろな宗教施設ができたんではなくて、日本はいにしえから多神教だったんです。それは日本人がちゃらんぽらんだったからじゃないんで、多神教とちゃらんぽらんとはちがうんです。現代のヨーロッパではおもにキリスト教やユダヤ教の一神教しかないんだから、そこのちがいです。

五木 むしろ、そこは日本の利点なんですよ。

塩野 ええ。サミットで非キリスト教国であるのは唯一日本だけだとかって言いますよね。そのときに、私が日本人に絶対わかってほしいと思ったのは、非キリスト教国であることにどういう利点があるかを言わなくてはいけない。

五木 近代をどう超えていくかというなかで、あらためて文化の多様性、相対的な見方が大事にされているいまこそですね。すなわちそれは、塩野さんがおっしゃった、相手を許すか否《いな》か、認めるか認めないかという問題なんですよ。

塩野　そう、それをきちんと押さえていれば、私たちが先進国のなかで唯一キリスト教国でないのは、けっして欠点ではありません。日本の宗教学者の一部の人は、一神教のほうが宗教的に深いと思ってるでしょう。

五木　当然、そう思ってるでしょう。でもそれはすでに過去の宗教観にとらわれた考え方なんです。

塩野　ええ、宗教戦争はなんで起きたかといえば、それはこちらが、神はわれらとともにあるって言ったら、あちらはあちらで、神はわれらとともにあると思ってるからですよ。

五木　いわばジハード（イスラム教でいう聖戦）と十字軍のぶつかり合いなんだから。いまの中近東も、そうですね。

塩野　私はあるスピーチで言ったんですけれど、東洋では宗教対立は起こってないと。経済対立とか政治対立とかは起こったけれど。この東洋で宗教対立が起こる場合は、必ずと言っていいほど、食い込んでいるのがこれまた一神教のイスラム教です。

五木 なるほど。

塩野 ですからイスラム教が絡《から》むと過激化してね、それと対立しているヒンズー教まで過激化しちゃう。私は『ローマ人の物語』を書きながら、われわれ日本人がどれだけいいものをもっているか、をつくづく感じてるのよ。

五木 キリスト教を批判するわけでもなんでもないんですが、ヨーロッパの一神教的な宗教観は、基本的に人間だけの世界、人間中心主義の世界ですよね。

塩野 そういう見方もできますね。

五木 中国や日本の仏教は〝山川草木《さんせんそうもく》、悉有仏性《しつうぶっしょう》〟とかいって、山も川も、それから木とか石ころもみんなそれぞれに仏性（生命）をもってるんだという考え方ですから。いま、環境問題が大きく出てきているのは、人間の世界だけに神の恩寵《おんちょう》があると考えるところに起因してるんじゃないでしょうか。その意味では、仏教にはとても大きな可能性があると思うんですが。

塩野 仏教のすごいところは、救いの懐《ふところ》の深さというんですか。私は仏教の勉強はちっともしてないけれど、やたらと熱心な信者だった祖母がいたのね。それで私も小さな頃、隣りに座らされて読まされたんで、お経は読めちゃうのよ。だけど、私の妹がキリスト教の洗礼を受けたいと言ったときに、そのおばあちゃまがね、悟りにいくのにはいろいろな道があるから、と言って賛成したの。よくよく仏の真理だと思って、そのとき感動したんです。

五木 それはいい話だな。

塩野 ヨーロッパのシンポジウムでも私、言ってるんです。仏教だけのところでは宗教戦争は一切、起こっていないと。それは私たちの宗教観の特質だから、堂々としていればいいんですよ。

五木 ほんとにそうだ。日本の後進性のように言われていたものが、じつは、われわれがほんとの意味で近代を超えて生きていくうえでの大きな可能性になるかもしれない。

アイデンティティ・クライシスということ

五木 日本史上最大のマキアヴェリストと言われたのは蓮如なんだけれど、ニコロ・マキアヴェッリと蓮如、この二人が生きた時代が東西でほぼ重なっているというのはおもしろいですね。

塩野 そうですね、ほんとに。

五木 二人とも十五世紀の後半に活躍している。

塩野 私もね、五木さんの『蓮如』を読んで、じつにそう思ったの。

五木 明治以後の思想家は、ほとんど一様に、蓮如は日本最大のマキアヴェリストだと言ってきた。しかし、はたしてどうでしょうか。

塩野 なにも、「目的のためには手段を選ばず」というのがマキアヴェリストだというのはうそでね。彼はけっして、そんなことはひと言も書いてないんです。「目的のためには、有効ならば、手段を選ばず」とは、マキアヴェッリは言ってるんですね。

五木 なるほど。

塩野 それも彼は言葉にはしない。だけど、マキアヴェッリの書いたものを読むと、有効ならばっていうのがわかる。

五木 なるほど、ふーむ。

塩野 そのあたりのニュアンスが日本にはぜんぜん伝わってないのね。

五木　伝わってない。蓮如が登場した時代が、ちょうど応仁《おうにん》の乱（一四六七～一四七七年）の始まる前から応仁の乱にかけての時代ですよね。そういう乱世にやっぱり蓮如のような人が出てくるというのはじつにおもしろいな。

塩野　いまと同じで、アイデンティティ・クライシスの時代だったから。

五木　そう。あの時代は鎌倉期の親鸞《しんらん》のように自分の信仰を一筋に深めていくというだけでは解決できない現実が目の前にあった。いまここに目の前で死んでいく人たちがいる、生活を地獄と感じてる人がいる、その人たちとどう向き合うかっていうことになると、やっぱりいやおうなしに政治と絡んでくるんですよ。

塩野　そうなんですよ。政治っていうのは永田町あたりでやっているわれわれには無関係なことだと思ったら大まちがいだというのが、私の考えですね。政治とは、われわれのすべてに響いてくるものですから。

五木　ですから、蓮如が非難されることのひとつに、当時の権力者たちと談合したとか、教団という大組織をつくり上げたということがあるけれども、それはあの状況下で宗教家として、なすべきことをしたとしか、ぼくには思えない。

塩野　わかります。マキアヴェッリが言ってるんですよね。危機になると、そのときの国体と反対のことをする勇気をもたねばならないと。

五木 過渡的な乱世には織田信長のような乱暴な男が生まれたように、蓮如のように型破りの宗教家も存在すべき必然があったという気がするんですよ。

塩野 そして、それは必ずアウトサイダーとして出てくるんですね。

五木 たしかにそうかもしれない。宗教っていうのは、やはりひとつの反省を人に促《うなが》すものです。たとえば車でいうと、ブレーキみたいなもので、政治や経済がアクセルだとすると、アクセルだけで突っ走ってしまうのに対して、ふっとどこからか「汝《なんじ》の敵を愛せよ」なんていう言葉が聞こえてくれば、それが大事だと思うんです。

塩野 それで、ときどき宗教家に、この両者を兼ねる人がいるんですよ。イタリアでいうと、聖フランチェスコなのよね。

五木 ああ、なるほど。

塩野 聖フランチェスコは在家のシステムをつくって、金儲けしてけっこうだと、なにも修道士になることはありませんと信者に説いた。で、一年のうち一週間ぐらい、僧院にはいる。その一週間で魂《たましい》は救われるわけです。そうしたら、イタリアのルネサンス時代の経済人はみんな、信仰しちゃったの。

五木　聖フランチェスコという人も、よく蓮如と比較されるようですね。

塩野　だからおもしろいの。彼がやったことは中世の革命なのね。だってね、神はそんなにやたらと罰するものではないって言ったんだもの。これはちょっと大乗的《だいじょうてき》見地ですよ。

五木　そのあたりがじつに興味深い人だな。

内発的あるいは外発的アウトサイダー

塩野　私はこのあいだ、柳美里《ゆうみり》さんの文章を読みながら、そのなかなか論理的な筆鋒《ひっぽう》に感心したんです。彼女と私の共通項はアウトサイダーであることだなあと思うわけ。彼女が在日韓国人なら、私は日本人のくせして三十何年も外国にいて、二人ともアウトサイダーなんですよ。

五木　その点でいえば、ぼくなんか敗戦と同時に、旧植民地で、かつての支配国の国民がパスポートをもたない難民となったわけでしょ。もはやここにいたくても、おまえは許されないんだという状態だった。自覚というんじゃなくて、敗戦のときからいやおうなしに、自分は日本に帰ってもいわば在日日本人だって、そういう感じがずっとありましたね。

塩野 それほど、小さい頃からそう感じられた？

五木 ええ、自分は生まれながらの難民だという。

塩野 私は、日比谷高校にいて、アウトサイダーだと感じたんですよ。東大法学部にはいって官僚になる学校だなんて知らなくて、ただ憧れの先輩がはいったので入学しただけなんだけど。だから高校生のあの頃から、なんとなくもう気分はアウトサイダーなの（笑）。自分がアウトサイダーだと、いつ頃わかるかっていうのも……。

五木 そんな背中に押された異邦人の刻印に、いつ気づくか（笑）。ぼくはアルベール・カミュの『異邦人』は「引き揚《あ》げ者」と訳すべきだと冗談に言ったことがあるんです。あの小説で、植民地育ちのカミュの心はアルジェリアにあるわけですね。でもアルジェリアの人たちにとってみれば、おまえたち旧支配者の来る場所じゃないってことで、カミュは空の青さとか空気の熱さとか、心の故郷はすべてアルジェリアのコロニーに置いたまま、フランスに帰ってくる。そうすると、ジャン・ポール・サルトルのような正統的ブルジョワジーが堂々としているフランスもまた、自分の母国とは感じられない。心はアルジェリア。でも、アルジェリアからは追放されている。フランスは祖国ではあっても、心の母国ではない。そこで宙吊りにされた魂が生まれる。異邦人とは引き裂かれた状態ですから、引き揚げ者は異邦人だと思います。

塩野 私の場合は難民という状態じゃなかったけれど、高校で異邦人だったでしょう。それで学習院大学に行っても異邦人ですよ。私、よく外国のかたに、私はエリートを教育する高校を出て、そのエリートの奥さんを養成する大学を出て、そのどちらにもならなかったからだめなんですと言うんだけど、やっぱり異邦人ですよ。

五木 ぼくなんか、塩野さんとちがってもっとみじめでね。大学では抹籍《まっせき》処分を受けたんですよ。いまは未納になっていた授業料をまとめて払って、正式に中退しましたけど（笑）。だからぼくの場合は内発的な、個人的な葛藤でアウトサイダーになったんじゃなくて、いやおうなく外側から、おまえはアウトサイダーだと、ポンとハンコを押されたような感じがするんですよ。で、まあ、そのまま居直って生きてきたという感じなんですね。

塩野　私は東京のど真ん中で生まれて育ちながら、アウトサイダーでしょ。で、ここへ来たってアウトサイダーにちがいないんだけど、つまりそんなに抵抗ないんです。イタリアに来て非常によかったのは、自分が思ってたことやなんかをわかってもらえることね。

五木　理解してもらえる。

塩野　そう、日本ではだめでしたよ。学習院というのはちょっとできると、助手やなんかをして大学へ残れたんですね。ところが私には、ぜんぜんお声がかからなかった（笑）。

五木　大学の研究室なんかにおさまりきれる人じゃないと思われてたんでしょう（笑）。

塩野　ここイタリアへ来て初めてですよ。イタリアの人だけじゃなくて、イギリス人とも、自分の考えることが相手に通じるから話ができるんです。

五木　そういう意味では、塩野さんは内発的なアウトサイダーで、ぼくは外発的なアウトサイダーなんだ。

塩野　でも、結果としては同じじゃないの（笑）。アウトサイダーというのは、つまりテーゼ（命題）があって、アンチテーゼ（否定的命題）がありますね。そのアンチテーゼも、いつかジンテーゼにならなきゃいけないんです。いつか必ずテーゼになるのね。そして、それを活用しなきゃいけない。

五木 それをぼくは、一九六〇年代にデラシネという言葉に託して宣言してたのです。

塩野 そうでしたねえ。

五木 デラシネというのは、モーリス・バレス的な負の存在としての、根無し草だけじゃなくて、いやおうなしに地面から引き離された人びと、ディアスポラの民（バビロン捕囚《ほしゅう》後にユダヤ人がパレスチナから離散したことから、パレスチナ以外に住むユダヤ人、ひいては追放された人びとをいう）のことなんだと言いつづけてきた。だからいまにデラシネの時代がくる、つまり、難民問題を正面に抱《かか》えなきゃいけない、国民が母国を離れて、あっちこっちをさまよわなきゃいけないような時代がきっと来るって言いつづけてたんですが。パレスチナはもちろん、いまのボスニア、ユーゴスラビアなど、すべてそうですね。

塩野 五木さんが書いていらした、そのとおりになりましたよね。

セクシーな文体と時代の風の微妙な関係

五木　塩野さんが先日おっしゃっていた柳美里《ゆうみり》という作家の魅力は、いま、ぼくが食べてる、このアラビアータみたいなところがあるんだよね。

塩野　なんとなくわかります。アラビアータのパスタ、すごく辛いけれど大丈夫？

五木　はい、大丈夫です。

塩野　イタリア語ではねえ、アラビアータっていうのは「怒った」っていう意味なのね。

五木　へえ、そいつはおもしろい。そういう意味なんですか。知らなかった。

塩野　だからねえ、いま注文するとき、すごく怒ったパスタをって私は言ったの。

五木　四川料理も辛いので有名ですよね。で、刺すっていう字と刺激の激っていう字と、烈っていうのとあるけど、きっとそういう意味だね。

塩野　そうそう、烈という感じの辛さだ（笑）。

五木　さしずめ、激怒のパスタ（笑）。ぼくの『生きるヒント4』の文庫本の解説を彼女が書いてくれていますけど、まあ、やっぱりすごいことを言う人。

塩野　彼女は若いけれど、なかなかパワーがありますね。

五木　解説のなかで、五木さんという人は本質的に人間嫌いであろう、と書いている。

塩野　ハハハハッ、彼女が書いたの？

五木 うん、人間嫌いのその男の切ないラブコールがこの『生きるヒント』だって書いてるんですけどね。

塩野 私ならば、そのつぎにこうつづける。つまり、そういう人がラブコールをしたからこそ、ラブコールは成功する。そう書いてなかった？

五木 いや、きっと、そういうふうな意味のことを書いてくれてると思いますけど。

塩野 そうでしょうね。

五木 今度、その本送りますから、ちょっと読んでみてください。自分で言うのもなんだけど、わかりやすくて、おもしろいです（笑）。

塩野 はい。私が解説を書いたら、そこまで書く。

五木 柳さんの解説はとてもいい解説だと思った。ぼくは彼女の仕事はとても評価してるんですけど、批判する人も多い。

塩野 やっぱり文学って、一匹の迷える小羊を救うためにあるのね。宗教もそう。

五木 宗教はそうですね。

塩野 ええ。ところが、歴史とか政治は九十九匹の安全をまず考える。

五木 たしかに。

塩野　それから、余裕があったら一匹を探しに行くっていうのよ。五木さん、われわれは政治家じゃないからね。もしかしたらですねえ、聖フランチェスコみたいに、その両方を兼ねなきゃいけない。そうお思いにならない？

五木　ぼくは最初の作品集のあとがきで、自分はいわゆる文学をやる気は毛頭《もうとう》ないって書いたんですよ。ぼくは自分の志として読み物を書くんだと。

塩野　五木さんがデビュー前の頃、ある編集長に「いままで本を読んだことのない人に読ませてみせます」と、こう言ったという話を、後々《のちのち》聞いたんです。それで、五木さんはそれを成し遂げた、見事にね。私が五木さんを非常に尊敬しているのはなぜかといえば、一時代をひとりで代表したのは、日本では唯一、五木さんだけなんです。

五木　ハハハ、そんな大げさな（笑）。でも物書きは、ほめられて成長するんだよね。だからきょうはお互いジョウロで水をそそぐように盛大にほめあいましょう。ほめたりなければ自《みずか》ら自慢する（笑）。

塩野　時代はたいてい何人かの人物が代表するものだけど、五木さんのようにひとりで代表したってことはないですよ。あるときね、京都に行くときだったかなあ。私、ちょっと本を買いたかったんで、ホテルからタクシーで東京駅につける前に、八重洲ブックセンターに停めてくれって、運転手さんに頼んだの。そしたら、「あの書店は最近流行《はや》ってますよ」なんて言うから、「あなたは本を読むの？」って聞いたら、「いや、五木寛之っていうのは、ぼくがずーっとともに歩んできた作家です」って言うのね。要するに、五木さんのデビュー時代からよ。

五木 そんな運転手さんがいたの？

塩野 ええ、だから書店の前なら、よろこんで待ちますって言うわけよ。

五木 へえ。

塩野 それでその運転手さん、私を待っててくれたの。私、「あなたみたいな読者をもつというのはほんとうに幸せです。五木さんに会ったら言っときます」って（笑）。

五木 そうですか、それはうれしいなあ。

塩野 そういう読者って、すばらしいね。だって、五木さんの本の「すべてをともに」ですよ。

五木 ありがたいです。正直に感謝あるのみ（笑）。

塩野 つまりね、ひとりの迷える小羊に、自分は救われたと思わせながら、それでも九十九匹の小羊をなるべく、ちゃんと保護する。おそらく五木さんがお書きになってるものは、そういうものなのね。「本なんぞ読んだことのない人に、ぼくは読ませてみせます」という、若き五木さんの気概《きがい》っていうのは、私、そこだったんだと思うの。で、見事にそれを実現したから、私は五木さんを尊敬する。私が尊敬する人間はそんなに多くないんですからねえ、あなた。

五木 ハッハハハハ、塩野さんもかなりのアラビアータですね（笑）。自分の自慢話はとても気が引けるけど、塩野さんが相手だから、あえて自慢させてもらいますが――。

塩野 どうぞ、私、ちゃんとわかるから。

五木 作家になってうれしかったことがただひとつあった。それは昔『青春の門』という小説を書いたでしょう。あれは九州の筑豊《ちくほう》、筑豊のなかでも田川というところが舞台になってるんです。でも、ぼくの豊かな中農《ちゅうのう》地帯の田舎のほうでは、かつて筑豊へ「堕ちる」なんて言い方をしてたくらいなんですよ。

塩野 ほんと？

五木 筑豊は地獄のような土地だっていう抜きがたい偏見が他の土地からはあったわけ。ぼくはそれに反発していた。だからあえて筑豊を舞台に選んだんです。小説を書いたあと、あるとき寿司の出前をもってきた少年が、寿司桶の下から本を取り出して、サインしてくれって言う。六本木のお寿司屋さんに集団就職で来てるらしいんだ。「じゃあ君は、筑豊から来たのかい」って聞いたら、「はいっ、田川です」って言ってね。いままではどこから来たのって聞かれると福岡の郊外ですと言って、筑豊だと言ったことがなかった、筑豊だと言うのがなんとなく気が引けるところがあったって言うんですね。「でもいまは五木さんのあの小説の舞台になっている田川の出身ですって胸張って言えますから」と言われたことがあって、いやあ、物書きになって、ただのひとりでもこういう子によろこんでもらったら、もうこれでいい。あとはもう、賞ももらわなくていいし、本も売れなくたっていいとほんとうにそう思った。

塩野 そうそう、賞とかなんとか関係なくなるのね。

五木 そういう読者がひとりでも二人でもいたら、物書きとしてはもう十分じゃありませんか。

塩野 だから、私よく言うんだけど、読者として大企業のトップだとか、政治家とかって、そういうことはぜんぜん関係なくてね。どんな立場のかたでもみんな、私にとっては読者として、たとえば十代の男の子と同じです。

時代と寝る？　男を替える？

五木　塩野さんの本が日本のエスタブリッシュメント（主流派）にたいへん人気があるのは、なんなんだろう。有名な政治家とか、大企業のトップとかいう人は、たいてい塩野さんの『ローマ人の物語』の熱烈な愛読者ですよね。

塩野　いやあ、知らない。たぶん、ちょっと優秀な人が読んだのね。でも、私の本を買っておいてね、読んでるのはミステリーとかじゃないって言ってるの（笑）。

五木　いや、本気で読んでると思います。先日も韓国のジャーナリストと会ったら、塩野さんの本の熱烈な読者が韓国にもたくさんいる、って言っていた。

塩野　だけど私だってね、五木さん、西洋史なんかに関係なく、もうこんなの読まなくても、ちゃんと生きていける人間に読ませなくてはならないんですよ。

五木　でも、塩野さん、あなたの本は、実際、そういう人たちが読んでるんだと思う。塩

塩野 野ファンの存在というものは、知識階級を超えて、社会の中核を担っている人たちのあいだに隠然《いんぜん》たるものがありますから。

五木さんはそういう読者たちにちゃんと読ませたわけ。私も少なくともよ、ローマなんぞ関係ない、ルネサンスも知らなくたってかまわない、だけどちゃんと立派に生きている人に読んでもらいたい。で、それは、けっして具体的にちっとも役には立たないんですよ。けれど、彼らに考える刺激を贈りたい。

五木 なるほど。

塩野 それを書いたから、どうぞ読んでお考えくださいと言ってるわけですよ。私は自分の意見を強制なんか絶対にしません。

五木 自分が生きていくうえで、それがよみがえってきて、なにかのヒントになればいいと。

塩野 知識人の役割はここなんですよ。一九九七年度、アカデミー賞の脚本賞をとった二人が書いた『グッド・ウィル・ハンティング』という作品がありましたよね。それから、その同じ年、作曲賞を受賞したイギリス映画の『フルモンティ』。『グッド・ウィル・ハンティング』も『フルモンティ』も成功作だったけれど、われわれはすでに知っているように、第一作はだれでも容易にできるんですよ。だから大事なのは、第二作じゃないですか。

五木 そうだね。それともうひとつ、持続するということはむずかしい。

塩野 やっぱりそれはなにかっていうとね、だんだんキャリアをつけてくると職人芸になって、すごい作家でなくなってくるでしょう。うまい作家でありつづけることはできても、すごい作家でありつづけるというのはむずかしいんですよ。

五木 うん、それはたいへんなことだ。

塩野 これはむずかしいのね。

五木 持論をしゃべらせてもらうと、最初からぼくは自分ひとりで仕事をしているとは思ってはいないのです。書き手というのはお寺の鐘だと。お寺の鐘がゴーンと鳴るのは、自分で鳴るわけじゃない。やっぱり撞木《しゅもく》があって、撞木で鐘を撞《つ》く側の、時代とか読者とか社会というものがあって、ゴーンと鳴る。でもまったく鳴らない鐘もある。割れた鐘もある。よく鳴る鐘もあるし、低音で響く鐘もある。錆びた鐘もあるし、澄んだ音を出す鐘もある。そこが書き手の才能でしょう。だから、作家はいわば鐘だと思うわけ。自分だけで勝手に鳴ってるわけじゃない。

塩野　そして鐘は、撞く人によって大きく響くんですね。それが人によっては小さくしか響かない。

五木　ああ、なるほど。

塩野　ですから、われわれは、ぜんぶ読者しだいよね。

五木　ぼくは仕事を休んでた時代が二度あるんですよ。休筆と称《しょう》して。そのときは、なんとなく時代がぼくを必要としてないって感じがしたんです。時代がこっちの背中を押してないっていう。それでふたたび書きだしたのは、「おいおい、しっかり書いてくれよ、なにか読ませろよ」という声なき声が聞こえたような気がしたから。

塩野　五木さんのすごいところは、なんていうか、五木さんは時代とともに寝たっていう感じがするのよね。

五木　芸は売らないが、身は売ります（笑）。

塩野　だからねえ、そう思ってる人には、時代が自分のほうを向いてないなんて思うような、贅沢《ぜいたく》が許されるんですけど。

五木　ハッハハハハ。

塩野　私は、時代とともに寝たなんてちっとも思ってないし、そんな贅沢は許されないから、休筆なんていうのはまったくできないわけ。それは五木さんの場合はわかるんだけど、私にはまとまったお金もなかったし。大江健三郎《おおえけんざぶろう》さんに言わせれば、文学は若者の文学と老年の文学しかないと。中年の文学というのはないと。それで若者の文学とはなにかと言えば、言いたいことを書く。それで老年の文学はつくると。

五木　なるほど。

塩野　「作家の命にだって限界というものがある」とも、彼はいつだったか言ってたけれど、たしかにそうなんですね。

五木　作家はね、自分と時代が食いちがってきた、と感じたときに生命力がなえて、病気になって死ぬんです。あるいは自殺するんです。

塩野　そうですね。私もルネサンスを書いて二十年ぐらいたって、それで一応名前は出たから、生活はできるわけ。書くことだっていっぱいあるんです。ただ私が少しずつ興味を失ったら、いずれ読者はわかる。読者って、ものすごくシビアだから。

五木　そうだな。

塩野　それで五木さん、私、数年前、男を替えたんです。イタリア・ルネサンスから古代ローマに。

ロッソ・ポンペイアーノ（ポンペイの赤）
ポンペイ遺跡の秘儀荘の壁画から

五木 ああ、そういう意味か。びっくりした（笑）。

塩野 つまり、私が古代ローマを書くのは、自分が物書きとして生き延びる手段でもあるのね。

五木 塩野さんの文章って、なにを書いても、すごくセクシーなところがある。共産党を書いても、あなたの場合は論理の構造自体がセクシーですから。

塩野 恐れ入ります。それって、作家にとっての殺し文句（笑）。

五木 文章の色気っていうのは、作家がいくら年をとってたっていいわけ。金子光晴《かねこみつはる》なんかの文章もすばらしく色気があるもの。昔の上海《シャンハイ》で、極道やってた頃の話なんかをエッセイで書いているのを読むと、いやあ、老人になって、こんな文章書けるのはすごいなあ、と思う。それはもう色気があります。

塩野 なにかに挑戦してるからでしょう。

五木 なんなんでしょうね。

塩野 だって、私たちが使う唯一の武器っていうのは、文章なんですよ。

五木 それもやっぱり天賦《てんぷ》のものがあるでしょうね。ないものねだりしてもできない。努力すればって言うけれど、努力する質《たち》の人と、努力がどうしてもできない質の人っているんです（笑）。

塩野 それから、私はやはり目線で書いたものがいいと思う。ローマ人を目線でとらえて、自分も同じ立場に立ってね。

五木 それは貴重なご意見。歴史小説を書く人がおちいりやすいのは、上から見下ろすことなんですよ。

塩野 上から見下ろさず、下からも見上げない目線。

五木 同じ目線がやっぱり、過去の死者と生きた人間のようにつきあうひとつのコツですね。ぼくはそのことはとっても大事だと思う。

塩野 過去の人間を書くときに、オックスフォードの先生であろうが、私であろうが、史料として読むものはきまってるんですよ。残っているものしか読めないんだから。勝負はどこにあるかと言ったら、どうやって読み取るかなんですよ。

五木 またまた自分の話で恐縮だけど、『蓮如』を書いたときに、やはり過去の蓮如論というのは、上から蓮如を見下ろして批評するか、下から仰《あお》ぎ見て、蓮如聖人、蓮如さまってやるか、どちらかだった。でもぼくは人間・蓮如を、自分と同じ目線で見ようというのが目的だったから、多少なりともそうできたことは塩野さんの言われる

右＝古代ローマの大理石を使って塩野七生さんが
デザインしたテーブル　左＝ローマの書斎にて

とおり、自分でもよかったと思っている。

塩野 作家とはやはりそういうものなんですね。

五木 おのずと人間を等身大で見ていこうとする。それはカエサルであろうとなんであろうと、つまり同じ人間として同じ目線で見ていく、そういう大胆不敵なところが、作家にはあるから。

塩野 そう、私は日本人にカエサルをわかってもらいたいと思って書くから、いろいろなことを書くけれども、それは彼をよく書くことじゃないですよ。ネロでもまったく同じでね。ネロの全体像をわかってほしいと思ってるのであって、別に彼を弁護してるわけじゃないんです。つまりムッソリーニやヒトラーのファシズム、スターリンでも悪行だとかたづけるだけだから、われわれはいつまでも歴史から学ばないんじゃないかと思うの。それよりも善意から発したものがいつ悪になるか。

五木 そうだよ。善意から発した悪ほど恐ろしいものはないですから。

塩野 ネロがそうなんです。ムッソリーニもヒトラーも当時、国民の支持という背景があった。日本の軍国主義だって、あおったのは日本人自体であり、マスコミでもあったわけでしょう。そこを考えていかないかぎり絶対にだめだと思うのね。

五木 とかくそこには触れたがらないよね。高すぎず低すぎず、同じ目線で、過去の人間も現在の人間も見ていくっていうのはたいへんなことだけど、作家の才能って、ひょっとしたらそんなところかもしれないね。

塩野 コーヒーでも召し上がる?

五木 ええ。塩野さん、毎食後、エスプレッソを飲んで、胃はなんともないですか。

塩野 胃はなんともないの。たいてい大丈夫。ただ、私はイタリアにずっといるせいかアメリカン・コーヒーはちょっと飲めないのね。エスプレッソでなければ、トルコ・コーヒーでもいいし。

五木 朝食はいつも和食ですか、それともイタリア風に?

塩野 たっぷりの牛乳にハチミツとネスカフェをまぜて、あとはときによってトーストになったり、ビスケットになったりですね。半熟卵も食べなきゃいけないと思いつつ、息子にはきちんとつくりますけれど、私はなかなか朝から量は食べられないから。

五木 塩野さんと息子さんの食べ物の好みはやはりちがいますか。

塩野 お互いに妥協するわけ。彼はお寿司や納豆は好きだけど、豆腐の冷奴やコンニャクの煮つけなんていうのはあんまり好きではないけれど、そういう料理もつくって、

もっぱら私が食べるわけ。

五木 コンニャクの煮つけ（笑）、ぼく、久しく食べてないなあ。

塩野 コンニャクは粉を日本で買ってくるの。それでつくるんだけど、量がすごく増えるから、最初はお刺し身にして、それから煮つけにして、もうしばらくはコンニャクばかりひとりで食べてる（笑）。

五木 ぼくなんか九州の田舎で子供の頃、山でコンニャク芋を掘って、できたてのコンニャクをスライスしてわさび醤油で食べて、これが死ぬほどうまかった。でもいまは、コンニャクなんてもう三年ぐらい食ってないです。

塩野 私は父が上州《じょうしゅう》ですからコンニャクの産地でしょう。

五木 なるほど。カカア天下、からっ風の地だね。

塩野 だいたいアホじゃないかしらと思うのは、父かたの先祖のひとりは、あそこは天領なのに百姓一揆に味方した地主だっていうんですものね（笑）。

五木 物好きな地主だな。でもなんだか塩野さんの血筋らしくていいよ（笑）。お母さまはどちらですか。

塩野 母の実家は高松でして、讃岐米を大阪へもっていく米問屋だったんです。だから司《し》馬遼太郎《ばりようたろう》さんに、塩野七生《ななみ》は東京女のくせにやけに経済のことを書くのはどうしてだろうねと言われたけれど、商人の血もちゃんとはいってるんですよ（笑）。

風が吹くまで待つ

塩野　五木さんは一時代を完璧に代表なさった作家でしょう。でも時代とともに生きた作品は、宿命として時代遅れになる危険が大きいんですよ。

五木　それは当然あるでしょう。

塩野　それはしようがないんです。私みたいに代表してなければ、しかも昔のことを書いていれば、かまわないけれど。

五木　しかしぼくは、三年で古びるものでなければ、三十年後によみがえらないっていう意見なんです。つまり、古くならないものは再生しないし、けっして新しくならない。

塩野 なるほどねえ。

五木 三年たったら古く感じられるくらい時代と密着しなければ、三十年後にいきいきと感じられないっていうこと。それにしても、時代っていうのは大事だよね。

塩野 そう、歴史家にしたって、必ずや時代に要求される。

五木 本は時代に選ばれるものなんですよ。だから、いま、塩野さんの本を政治家やビジネスマンが読んだりするのもそうでしょう。

塩野 私は、五木さんの『大河の一滴』がまさにそうだと思う。人間って怖いものでね。だいたい私はプライベートなことは書かない。五木さんとは話していて、なんだかつい、口がなめらかになっちゃうけれど（笑）。でもプライベートは私の書くものではない。そうするとね、私の実際よりも書いてることのほうが真実だと感じるの。絶対正直なんです。つまり、プロは自分が生きるために、書きつづけていく。

五木 そうだね。ぼくには『風に吹かれて』という昔のエッセイ集があるんだけど。

塩野 五木寛之の大ロングベストセラーよね。

五木 その題名じゃないけど、ぼくたちはやはり生かされてる存在だと思うんです。自分でもぼやっとして文章書いてて、手に書かされてるって思うときだってあるもの。

頭だけでも、ハートだけでもなくてね、手が書くっていう瞬間も実際、あるんですよ。ヨットに帆を張って、風を待ってるようなものです。なにか大きなものに励まされて、初めて書いていけるみたいな。

塩野 そして、帆船《はんせん》というのはねえ、なんとほんのわずかな風でも動きますよ。昔、大西洋をコロンブスは帆船で渡ったのよ。

五木 ですから、自分の意志だけじゃないんですよ。風が吹いてくれるから、生きていけるんであって、人間はなにかもっと大きなものに生かされている存在なんじゃないか。でもヨットに帆を張る、そこまでは自分の意志でしょう、と言われたことがあるんです。ちがうんですよ。どんなに死んだような無風状態のなかでも、ヨットに帆を張って風を待とうという気持ちにさせてくれるのも、それすら、そういう風が吹いて、帆を張ってみようという気持ちを起こしてくれたなにかが働いているんです。

塩野 風が吹かないときは、風を待てばいい。

五木 どうしたって、書けないときだってあるんです。そのときは待つ。

塩野 そして、五木さんのさっきのような読者がひとりいればいいのよね。書評なんて関係ない。

五木 書評は六分ほめて、四分けなすのがプロの書評だなんて言うじゃないですか。ぼくは全面支持か黙殺するかのほうがおもしろい。だいたい、いまのジャーナリズムの書評は出るのがおそいよね。

塩野 それに、日本というのは私の『ローマ人の物語』のような連作に対して、書評をしないのね。これはまあ、第一巻から読まなくてはやれないと思っちゃうからでしょうけど。

五木 そうですね。「完結したら」って言い逃れがあるから。まとまったらちゃんとやりましょうっていうふうな。

塩野 ところが、完結するのは十年後なのね。もしかしたら、私は死んじゃうかもしれないと思うんですよ（笑）。

五木 でも書評が出る頃には、読者の反応はもうわかってるんです。作家がいちばん不安なのは、書いた直後なんだから。

塩野 私もおんなじだわ。

五木 そもそも人間は一生、自分のことをほんとにわかってくれる人なんていない。ほんのちょっとぐらいわかってくれる人が世の中にひとりいたら幸せって、そのくらいに考えてたほうがいいみたいですね。

塩野 私なんて苦労が表に出ないらしくて、好き勝手やってると思われがちですよ。ほんとは私ぐらいの年になったら、もうちょっとやはり優雅にやりたいと思うんだけど。

五木 あなたの暮らしは、はたから見てると、じつに優雅なイメージなんだけどな。

塩野 そうでしょうか。

五木 そうですよ。塩野さんは立派だと思う。見てて、うらやましいとも思うし。でも、やっぱり人間にはいろいろなタイプがありますから、まねできない。自分は自分の生き方、塩野さんは塩野さんの生き方。

塩野 そうです。だって、私は一年に一冊ですから。もう、手工芸みたいなもので。

五木 イタリアのマエストロだね、やっぱり（笑）。だけどいま、ものを書く世界も大量生産、大量消費の時代ですからね。逆にそういう反時代的な仕事はうらやましいなあ。

塩野 だけど、私は昔から自分のことをわかってほしいとあまり求めたことはないわね。それもねえ、言葉でもってなぐさめられるより、こういうことは不埒《ふらち》かもしれないけれど、私は男の腕の筋肉のほうがいいと（笑）、いつでもそう思ってたし。

五木 塩野さん、セクシーな文章を保つためには、日常生活でやっぱり色気がないといけませんよ（笑）、ちょっと危ないところが。そういうのがなくなると、書くものに影響する。

塩野 いやあ、残念ながらねえ、いい男たちはだんだん年下になっちゃったんですよね（笑）。

五木 きょうは思う存分ほめあったので、お互いにずいぶん成長したなあ（笑）。

貧しかったが尊敬されていたこの国

塩野　五木さんは仕事の依頼をぜんぶ受けてたら、たいへんなことになりになるでしょう。

五木　あまり、そういうことはやってませんけど、長くつづいてるものは何本かあるんです。新聞のコラムは毎日書いてる。夕べもホテルからファックスしたんだけれど、いつのまにか五千五百回を超えました。

塩野　へーッ、五千五百回！

五木　ストックは一日もないんですよ。きょうの夜中に入稿したものが、翌日のお昼には駅のキヨスクで売られてるっていう。

塩野　それは非常に活きのいいお刺し身みたいなエッセイね（笑）。

五木　取り柄はそれだけ（笑）。ぼくは、新聞なんだから冷凍食品を解凍して出すようなことはやめてくれって主義なんです。新鮮な見聞だから新聞、なんです。いま、大新聞なんてお正月号は一カ月か二カ月ぐらい前から準備しているでしょ。

塩野　あれはほんとにしょうがない。インタビュー受けて、出るのは二カ月あと。

五木　新聞なんだから、やっぱりきょうの表情が伝わらないと。

塩野　そう、つまんなくなりましたよね。日本の大企業病と同じよ。小回りがきかなくて

五木　困ってるんですよ。あの調子だと新聞もだめになると思いますよ。

塩野　日本人は本来、旬《しゅん》を大切にする国民だったんだけどね。そういう意味ではジャーナリズムが早く、早くというふうにやってストックするのも困るなあ。

五木　そういうやり方に慣れるとね、なんにつけ、ふいにリズムが狂ったときに、みんな慌てるんじゃない？

塩野　まさに急に慌ててるんです、いまは。

五木　やっぱり、いま、みんな慌ててるわよね（笑）。

塩野　たいへんなんですね、いま日本人は。塩野さんは、どこかでアイデンティティのアイデンティティというものを考えろってきついことを言ってらしたけど、いま、日本人は大きな意味での、アイデンティティ・クライシスみたいなことに直面してるわけですよね。いま、日本人は、明治とか戦後とはちがうほんとうの意味での、創《そう》氏改名《しかいめい》みたいなことを要求されてるんだろうと思います。振りかえれば明治以来の和魂洋才《わこんようさい》がだめだったということがはっきりわかったのが、結局敗戦なんです。

塩野　ほんと、そうです。

五木　資本主義のシステムはヨーロッパから入れるけれども、そのバックボーンは国家神道なり、絶対天皇制でやろうというのが明治以後の和魂洋才。それが敗戦でだめになって、今度は、戦後五十年はどうやってきたか。もう和魂は入れられないから、魂《たましい》をなしにして、無魂洋才でやってきたんじゃないかというのがぼくの見方なんですよ。それもバブルでご破算になって、やっぱり無魂だからモラルハザードが起こる。資本主義の根本《こんぽん》にかえって、もう一度きちんと洋魂洋才でいけと言われてるのが現在です。しかし、日本というのは不思議な国で、キリスト教が日本に伝来して四百五十年ぐらいになるけれど、正式の信徒はだいたい国民のほぼ一・五パーセントくらいでしょうか。

塩野 そう、日本では一向に増えないですよ。

五木 お隣りの韓国は何千万人です。金大中《キムデジュン》大統領夫妻も熱心なクリスチャンですから。つまり、日本人はなかなか一挙に洋魂というふうにはいかない国民なんですね。そこがぼくはむずかしいところだろうと思っているんです。

塩野 だから、いいんじゃないかと思うの。

五木 そう、大事なところなんです。でも、いま言われているグローバル・スタンダード(世界標準)では、それは許さないって言われてるようなもんでしょ。

塩野 そこなんだけど、銀行にしても、なにもみんなすべての銀行がグローバルになる必要はないんだから、自己資金でけっこうなんで、国内だけで営業する銀行でもいいと思うのよ。二本立てでやればいいんですよ。日本人ぜんぶが、それこそ鹿鳴館のときみたいに変わらなきゃなんて、そんな必要はないですね。

五木 必要ないし、変わるべきじゃないと思うんだけど、なにがなんでも変われって言われてるんだから、それはたいへんです。要するに、がんばって洋魂洋才に変えようとしてるけれども、根のところの感受性とか魂は、この狭い列島のなかで何万年も生きてきた国民が、そう簡単に変えられるわけがない。

塩野 だから五木さん、私、思うのはね、われわれは昔、和魂洋才だった。その和魂のなかにヨーロッパの洋魂と通じるものがちゃんとあることを、欧米人に言えばいいのであって、そしたら、もう和魂じゃなくなるんです。和魂でありつつ、かつインターナショナルな指標になる。

五木 うん。いいところをついてますね。しかし、日本の場合は右手で前近代を克服し、左手で近代を克服するっていう、その二つをやんなきゃいけないんですよ。これは、ほんとにたいへんなんです。

塩野 日本の外にいますと、むしろ日本の状況がよくわかるんだけど、日本がアメリカの攻撃を受けて、いま、やろうとしてることは、私に言わせれば、グローバルじゃないんですよ。

五木 そのとおり。グローバルというより、いまは、アメリカン・スタンダードのブルドーザーで押しつぶされているみたいな現状なんですね。

塩野 その状況を一歩どころか数歩離れて、ヨーロッパから見てますでしょう。ヨーロッパの場合は、じつに微調整を上手にやるんです。イギリスでもドイツでもそうです。ところが、アメリカっていうのは、医者の前夫がよく言ってましたけど、医学の世界でも、最新の研究に突っ走るんだそうです。そして、十年後ぐらいに調査の結果、どうもまちがっていたと発表するわけ（笑）。アメリカはそれに耐えられるんですよ。行ってもどってくる体力がある。

五木 なるほど。行きつもどりつする体力か。

塩野 だけどヨーロッパは耐えられないわけよ。だから微調整をしながら進む。日本だってね、アメリカのように〝バーッと突っ走って、また、引き返します〟なんてことを、なにもやる必要はないと思うの。

五木 でも、実際には日本というのはこれまでも、いまおっしゃったようにバーッと行って、バーッともどることのくり返しなんですね。戦争しかり、バブルしかり、バブルの崩壊《ほうかい》後しかり。

塩野 われわれは戦争で一回、たいへんな失敗をした。そして、戦争でないもうひとつの戦争、つまりバブルで完全に失敗した。いいんですよ、まちがうのは。ただ同じまちがいを二度するのはばかですよ。でも、もうしようがないから、そのつぎ、バブルを清算しなきゃならないのは当然なんですけど、清算のしかたをアメリカ一色でやるのには、私は「あなた、ほんとうに考えてるんですか？」と言いたいですね。

五木 いま、日本が要求されているグローバルは、ほんとにアメリカのスタンダードなんですよ。そこに問題があるような気がする。

塩野 別にヨーロッパ型の微調整をやるということではなくて、はて、自分たちにいちばん合ってるのはどれだろうかと。具体的にいえば、残してもよい部門ならば終身雇用は残したらいいと思うんです。終身雇用制をなぜ、全面的に廃止しなくてはならないのか。

五木 日本では、いま雪崩《なだれ》を打って一斉に能力給に変えようとしてますから。

敗者復活戦の社会

塩野 私はもう人間は平等だなんて、ちっとも思ってなくて、三種類あると思ってるんですよ。つまり、生産性が高いわずかな人たちと、生産性はそこそこかもしれないけれど数にすれば多い人たちと、それからどうにも役に立ちにくい人たち。日本のいままでの成功は、このやたら数の多い人たちを組織したことにある。どうやって組織するかというと、人間には男女を問わず、あなたにチャンスをあげますと言えば奮い立つ人と、あなたに安定を保証しますと言ったら、なにかやる人とがいるのよ。

五木 いますね。そしてこれまでの日本は安定を保証しますと言われてがんばる人たちが牽引《けんいん》してきた。

塩野 そう、日本は生産性は十だけれど、数が多い人たちを組織したんです。ところが、ヨーロッパもアメリカも生産性が百のいちばん上のわずかな人たちが引っ張ってきたわけですよ。けっして一方だけがいいということはありえないんで、私はそのバランスをとることが必要だと思うんですね。

五木 ぼくは少しちがう立場で考えて、やはり役に立つ人も立たない人もみんな一緒にいなきゃだめだという考え方なんですが。

塩野 グローバリゼーション（全世界一体化）とは、失礼ながらですよ、これは結果としては、弱い者いじめになるんですからね。

五木 ほんとにそうだね。弱肉強食の世界。

塩野 私はやっぱり弱者を切り捨てるっていうのは、別に思想でもなんでもなく、社会にとって損であるって思うのね。

五木 日本はそのことを考えなきゃいけない。

塩野 たしかに落ちこぼれが出てきますよ。でも、それがけっして落ちこぼれじゃないって言うのが、われわれの役目なんですね。ほんというと、経営者はそこを考えて組織しなきゃだめなんです。

五木 だから一見落ちこぼれの人たちをどのくらいのレンジで見るかっていうことでしょう。三十年とか五十年とか、せめてそのくらいのレンジで、ものを考えていくとか。

塩野　私、敗者復活戦が機能する社会、というのはいい社会だと思うんですね。

五木　それがなくなったら、未来はありません。アメリカの場合には毎年の株主配当によって、うまくいかなければ、すぐ社長が交代してしまうわけだから、一年か二年で見なきゃいけないいんですよ。そうすると、ほんとに短期のレンジでしか、ものごとを見られなくなると思う。

塩野　アメリカはかなり、その弊害《へいがい》が出てるでしょう。

五木　出てますね、じつはものすごい弊害が出てる。

塩野　私は、むしろ終身雇用のなかで、男性も女性のように総合職と一般職に分けたらいいと思うの。海外派遣もけっこうだという人は総合職。しかし、自分は九州出身だから、ずーっと福岡の工場で働きたい人はそれでけっこう。そして給料は、おのずと適度にプラスマイナスが出てくると思うんですね。ともかく、終身雇用制を全廃《ぜんぱい》するという発想は、じつに愚かな経営者意識だと思う。それこそ、安定をあたえると、それなりにやるっていう人間がいることをまったく理解していない。

五木　アメリカというのは、塩野さんが言われるように、一部少数の階級がほとんどの株式を握ってしまって、経済力をもって、そういう意味ではやる気のある働きバチと

塩野　一般が分かれてる社会ですからね。日本でも、やる気のある人は大企業にしか頭がいかない。でも、そうではないんですよ。そして玉石混交《ぎょくせきこんこう》はたしかなんだけれど、海外に住んで、在外公館の人たちや企業の人を見ていると、たいして能力がない人でも、これまでは大きな顔をしてたのね。

五木　そうだと思います。でも、そういう人たちは、みんな塩野さんの読者でしょう？(笑)

塩野　そういう意味では、あれほどまで一生懸命、私も言ってるのに、わからないのかと思うことしきりですね。

分業のすすめ

五木　最近は若手の政治家あたりも塩野さんの本をよく読んでるようですね。どう思われます？

塩野　いえ、読んでくれてるのは経済界、官界、政界の順のようですね。たぶん、グローバルだとか言われて、いままでのシステムではだめだってわかったときに、その前線にいる順位なんでしょうね。いまのような世の中では、エリートといわれる人たちだって自《みず》らの能力に合わせて少しは小さな顔をするぐらいの、競争原理、それはあってもいいんじゃないかと思いますよ。

五木　そうせざるをえないようなことが、つぎつぎ起こってますから。

塩野　自他ともに認める日本のエリートといえどもですよ、無能である場合は少し、その無能を悟ったほうがいいのにと思うんですよ。それから、もうひとつ気になるのは、日本人は悪口を言われることに、ものすごく鋭敏ね。

五木　ハハハハッ、打たれ強くないんだな。

塩野　悪口自体の価値も認めないのね。日本は論争を好まないじゃないですか。

五木　日本というのは、ほんとに反対してる人は一見、反論しないんですよ。なんとなく、そういうふうにもっていくわけ。

塩野　それはそう。日本人は反論の口実が見つけられないとき、気分的に反論していくの。

五木　だから、論争をして反論をするというのは、どちらかというと非常にヨーロッパ的な自我がしっかりしている人なんです。日本の場合にはもっとあいまいな態度に徹する場合が多い。塩野さんのロングセラー『男たちへ』のなかで、「外国人と上手くケンカする法、教えます」というのがあったでしょう。ぼくは、あれがすごくおもしろかったな。

塩野 ありがとうございます。私も長年、外国にいて、日本人的じゃなくなっちゃったのかなあと思うのは、これを書いたら反発がくるなあっていうことでも書くようになりましたね。ただね、ちょっとばかりずるくなってるから、非常に反論しにくいようにはもっていきますね。日本人って、なにか言われるのが怖いわけ。つまり、日本では、その意味での異邦人を認めないわけですかねえ。

五木 日本はやっぱり島国だし、単純に言うと村で暮らしてきたから、なにかというとみんなが融和《ゆうわ》してやっていくことで、何百年か何千年かやってきた国だから、そういう面は否《いな》めない。

塩野 融和ってほんとうは、いろいろちがった意見を調整してこそ成り立つものなのにね。

五木 塩野さんの言ってるとおりなんだけど、いまの日本はまだ、それとはほど遠いですね。

塩野 外国人がこれからもっといろいろな日本の社会にはいってきますよ。そのときどうするのか。司馬遼太郎《しばりょうたろう》先生は坂の上の雲を見ながらのぼった。そして、その雲を見ながら坂の上にのぼったら、雲ってあんまり美しいものではなくて、霧の塊かなんかで、そのあたりでどこへ行っていいかわからないというのがいまのわれわれなんですよ。

五木 そういうことです。

塩野 だけど、私たちは司馬先生よりもうちょっと若いんです。その霧の塊からどうやって抜け出すか。それは私たちも考えてることだから、あなたも考えてくれって、日本の人に言いたい。それだけのことなの。そうじゃありません?

五木 そうだね。それにしても塩野さんというのは、インターナショナルに暮らしてはいるけど、じつに愛国者だね。

塩野 アホぐらいに愛国者よ(笑)。だから頑迷《がんめい》ではないけれど、私はすごいナショナリストですよ。

五木 やっぱりそうなんだ。ある意味で、そこに感心するなあ。

塩野 ただし、「日本は特殊だから欧米はわかってくれなくたっていいや」なんてちっとも思わない。とんでもない、われわれはちっとも特殊じゃないことを欧米人に知らせるべきです。

五木 おっしゃるとおりです。

塩野 イタリアと日本のあいだっていうのは、先進国にしてはめずらしく、貿易赤字の問題がないのね。

五木 日本がイタリアからかなり輸入してるから。

塩野 日本が及ばないもの、車のデザインとか、靴、そういうものはイタリアから買えばいいと思うんです。日本人が苦労していろいろ無理する必要はないから。

五木 たしかにそうだね。

塩野 日本は工業方面の技術力があるんだから、そういうのをイタリアに売ったらいい。いちばんいけないのは、すべてを自分の国で生産しようとすることなんですよ。

五木 たとえば一九六〇年代に日本では炭坑をぜんぶつぶしたでしょ。まだ、石炭が残ってる鉱山もぜんぶ埋めたんですよ。いっぺん埋めたら二度と掘れない。そうして石炭資源をぜんぶストップしてエネルギーを石油に切り換えたわけです。ということは、日本のエネルギーのもとはぜんぶ、外国から買ってこなきゃならないわけで、とても自立なんかできてない。よく食糧の面で自立してない国は日本だけなんて言われて、日本の農業を云々《うんぬん》されるけれど、農業は、じつは石油に依存してるんです。電力と石油がなきゃ、いまの農業はできない。肥料から始まって、もうとっくに分業というか役割分担をやってるんだから、こうなったら、徹底的に役割分担をやるべきだとぼくは思うな。

塩野　EU（欧州連合）って、それをやろうとしてるわけですよね。あのね、少しちがうけれど、ロンドンの高級ホテルのマネージャーの多くは、イタリア人ですよ。それから美容師もイタリア人が多いんですよ。

五木　なるほど。

塩野　しかし、イタリア人はこれだけ遺跡がありながらですよ、美術館の経営なんてなってないわけで、ましてや、遺跡発掘調査隊のトップまでしばしばイギリス人なんです。

五木　塩野さん、じゃあ、日本人にはなにがいちばん向いてると思います？（笑）

塩野　個性に乏《とぼ》しくて刺激もない、ただし壊《こわ》れない。やはり壊れないってことは大切なんですよ。

上＝ホテル・エデンにて　下＝イタリア行政裁判所にある遠近法による設計（非公開）

五木　それは大きい。靴の踵《かかと》とかファスナーではしっかり分業してますね。

塩野　だから、壊れない洗濯機とかね（笑）、壊れない、しかもすぐれた性能のものをつくりましょう。そして安いんだから、こんな大切なことはないですよ。

五木　それはそのとおり。だけど、人を酔わせるものは向こうにまかせて、われわれは実用品だけをつくるっていうのも、これもちょっとつらいんじゃないですか。

塩野　すべてがではなくて、日本の八十パーセントはそれをやって、残りの二十パーセントが人を酔わせるものをつくる。いつか私、大英博物館で研究員に質問したわけですよ。そしたら、私の質問がちょっと専門的だったらしいのね。それで、「あなたはいったいなにをしてるんですか」って聞かれたの。私は「ローマ史を十五年かけて書こうとしてる」と言ったら、「日本人はローマ史まで書くのか」って言われた。ローマ史なんて、欧米人のやるものだと思い込んでいたのね。

五木　アッハハハハ。

塩野　それで、私、「日本人はなにもコンピューターや自動車ばかりつくってるわけじゃないのよ」って言ったの。

五木　塩野さんの話をずーっと聞いてると、塩野さんの考えの輪郭が、少しずつわかってきますね。人間それぞれの、なんていうか基本的な要求に応じて、みんなが住み分けていこうと。

塩野 そう。われわれだって、日本の内部でも分業しましょうよ。もしも私が日本へ帰って、東京でホテル住まいをしなければ、きっと地方へ行きますよ。東京生まれ、東京育ちだけど、地方に住む。そして、おそらく一カ月のうち一週間ぐらい、東京へ出てきてなにやら仕事をかたづける。

五木 いまはファックスもあるし、Eメールもできるしね。

塩野 だって、延々と外国で仕事をしてきたんですから、日本の地方住まいぐらいどうってことないと思う。そして、ドラ猫のごとく、新鮮なお魚にかぶりつく（笑）。早坂《はやさか》暁《あきら》さんには、君の大好きな魚は、日本では雑魚《ざこ》というんだって言われたけど（笑）。その雑魚に食らいつくためにも、地方に住む。私、東京生まれ、東京育ちだから、なおさらそういうふうに思うの。

五木 地方といえばいま、九州では福岡がものすごく巨大化しつつあるんですね。活気があって、ミニバブルじゃないのかなとぼくは思うんだけど、かたや、九州の各地が少しずつやせていくわけです。札幌も人口が増えて百八十万人ぐらいになったのに、

ローマ法王庁にある科学アカデミーの天井画（非公開）

北海道全体では減っているという。ということは、ミニ東京のような場所に人口が集中してきてる。ぼくはこれは、根が枯れるっていうか、すごくいけないことだと思うわけ。そういう状況はけっして好ましくない。

塩野 それも過渡期だと思うんですね。そのうちに今度は福岡に集中する不便が出てきて、そして、距離的にも時間的にも間に合えば、その外れにも行きますよ。

五木 いや、やっぱり塩野さんは、ローマ史をやってるだけあって、気が長いなあ。

塩野 ハハハハハッ。

五木 ぼくなんか、いまから三年とか五年、この一年という単位でしか、ものを考えたことないから。大阪なんて、テレビ局があると思ってるでしょ。新聞社もあると思ってるでしょ。だけど、大阪には全国規模の出版文化は成立しないんじゃないか。

塩野 そういえば、大手の出版社はあまりないわね。

五木 それはなぜか。たとえば大阪からは全国版のきちんとした月刊誌が出てないでしょ。もし出たとしても、一度、東京の取次の機構に送り出して、もう一度送り返してもらわなきゃいけないんですよ。その流通と製造の過程が完全に中央に片寄ってしまっている。

塩野 ほんとに、おっしゃるとおりです。

五木 出版社も雑誌社も全国にほんとはあったほうがいいんです。だから地方がしっかりしてないと中心はだめ。いま、地方の外れたところがどんどん壊死《えし》していきつつある状況だとぼくは見るわけですよ。だから、いま、日本はグローバル・スタンダード一辺倒になろうとしてるけど、オリジナル・スタンダードと併せてこの二つをなんとかして、守り育てていって、おっしゃるように、二刀流でやっていかなきゃいけないんじゃないかって、ほんとうにそう思うんですが。

塩野 そのためにも、私、日本は一度、もう徹底的に混乱したほうがいいと思う。

五木 混乱ねえ。だけど、日本という国はいまの資本主義全体もそうなんだけど、絆創膏を一生懸命こっちに貼り、あっちに貼りしながらでね、徹底的にとはいかないわけです。

塩野 でも日本はまだ、相当なお金をもってるからしばらくはもちますよ。

五木 だけど、ほんとうはやっぱり、そんなふうにゆったり構えて、ものごとを長いレンジで見ていけないんですね。まあ、日本のこと、ある意味では、ぼくはどうでもいいと思ってるんですよ。世の中っていうのは、地球全体で動いているわけで、いま

や、もうぼくらは、さっきおっしゃったように、一国でものごとを考えられない時代にはいってきてますから。

国が機能する規模

塩野 私は、いま、日本は相当に軽蔑されていて、そこが危険だと思うんです。それに日本がナンバーワンの国になんか、なると思ったこともなければ、ならなくてはいけないとも思わない。ただ、昔、われわれはもっと貧しかったときでも、尊敬されていたんですよ。

五木 ええ。

塩野 でも、人間は軽蔑されると、どんなにいいものを食べてても、うれしくないんですね。

五木 それはもう、うれしくない。人間とはそういうものですから。

塩野　だから、軽蔑というのは非常に大きな実害になりますよ。誇りの問題がある。私は、日本経済の将来は、他人に儲けさせることを考えなきゃいけない、と思うんです。

五木　ほんとですね。それは。

塩野　ポルトガルやスペインとの香料戦争に、なぜヴェネツィアが勝ったか。ポルトガルはヴァスコ・ダ・ガマが喜望峰《きぼうほう》航路を開拓して、ダイレクトにインドのカルカッタと通じた。ところが、ヴェネツィアはカルカッタからインド人やアラビア人が運んでくる香料を、ヴェネツィア船が地中海の端で待っていてもってくる方法をとったの。

五木　なるほど。

塩野　この方法は、多くの人に儲けさせてるわけですよ。しかも黒海《こっかい》とアレクサンドリアとシリア、そしてハイファあたりに四カ所の中継地をつくっておいて、値を上げそうになると、すぐにヴェネツィア人は「自分たちはよその中継地にうつりますよ」と言う。かたや、ポルトガルは長い航路に、ぜんぶ護衛船団をつけなくてはいけないし、海難事故その他リスクは大きい。結果として、いろいろな経路を経てヴェネツィアが売る香料の値段と、ポルトガルが採算がとれる香料の値段には、ぜんぜん差がないことになる。しかも、ヴェネツィアのほうが機能的にやれば、一定の価格と供給を保証できるようになるんですね。

五木　そうか、そこがヴェネツィアという商業都市のすごいところだな。

塩野　周辺も潤ってるわけです。そういう金融業者とか職人の頭脳集団が集まったから、ヴェネツィアは二十万人ほどの人口で、トルコ八百万人と規模が同じになっちゃう。いかに生産性が高かったか。

五木　エリート集団なんですね、プロの集団だ。

塩野　ええ、中世ルネサンスをつくったのはそのシステムなんですよ。当時のイタリアの都市国家が繁栄することができたのは、土地が資産だった封建制の中世に、ヴェネツィアやフィレンツェには、要するに「資産は頭脳である」と思った連中だけが集まってたからなんですよ。フィレンツェも最高で人口十二万人、レオナルド・ダ・ヴィンチやミケランジェロがいた頃は五万人程度ですよ。でも、フィレンツェがお金を貸さないと、イギリスとフランスの王様は戦争もできない。ロンドンにロンバード・ストリートってあるでしょ。あれはロンバルディア出身のイタリア人の商人たちをロンバルディア人と呼んでた名残なのね。

五木　小さいってことはやはりものすごく大事なことなんですね。グローバルだなんていって、いま、やたらと会社が合併してるじゃないですか。だけど、大きくなればいいってわけじゃない。

塩野　そうなんです。中世やルネサンス時代に最もよく機能していた国は十万単位なんですよ。

五木　なるほど。

塩野　ところが、近世になると、百万単位ね。そして、今世紀、一億単位になってるでしょう。で、私、二十一世紀は、きっと小さな単位にもどると思うんです。

五木　もういっぺん、十万にもどらなきゃいけないんだね。

塩野　だから、日本もそのうち、いやおうなく変わりますよ、地方分権時代に。

五木　でも、ぼくはさっきから塩野さんが言われる、そのうちっていうのが待てないんだなあ（笑）。

「スペンデレベーネ」したあとの静かな死

五木　塩野さん、時間というのは、そのときそのときのいろいろな出来事を、結局洗い流して、骨格だけが残るっていう気がしません？

塩野　それは、もちろんしますよ。

五木　ぼくは最近もう、あんまり小さなこと、ぜんぜん、気にしないようにしてる。

塩野　私も気にしないですね。たとえ悪口を言われても気にしないのは、ユリウス・カエサルを書いてたときに、なんでこの男がね、部下や敵に怒らないんだろうって考えたの。なにしろ、怒らないわけよ。許すんですね。

五木　ふーん。

塩野　それは徹底して自分のほうが優越してると思っていたからなの。

五木　なるほど。

塩野　やはり、完全に自分がすぐれていると思えばね、他者に対して怒らないのではないかと。怒るってことは、対等だと思うからですよね。

五木　そうだなあ。

塩野　それで、軽蔑はするんだけど、怒りはしないっていう、もうこの線でいきたいと思いましたね（笑）。そうすると、結果として怒らないですむからいいじゃない？

五木　ハハハハ。まあ、なかなかね、こうしようと思っても、思ったとおりにいかないもんですよ。ぼくはもう、最近は、大きな流れに、それこそ風に吹かれてってていうか、身をまかせるような感じでしてね。

塩野　それもいいですね。

五木　連載してるコラムのタイトルが「流されゆく日々」というんです。

塩野　それが、先日おっしゃってらした五千五百回を超えられたんですか。

五木　そうそう。それを夕刊紙でスタートしたときに、作家の石川達三《いしかわたつぞう》さんが『新潮』にやはり日記のようなものを書かれてたんです。それが「流れゆく日々」というタイトルでね。自分は川のなかの岩のようにガシッと構えて、その時代がどんなふうに変わっていこうとスタンスは変わらない。自分のまわりを時代が流れていくのだっていう……。

塩野　石川達三さんらしいわねえ（笑）。

五木　彼らしい、その自信のもち方がぼくはとても好きだった。好きだけど、ぼくは逆に塵芥《ちりあくた》と一緒に、どんどん流れていきますから、それで新しい海をなんとか見にいきますからって。それで「流されゆく日々」っていうふうに、パロディでつけた題名なんですよ。

塩野　ヘェーッ、おもしろい。五木さんはやっぱり、タイトルをつける才能がおありですよね。

五木　そんなこともないけど、ロシア文学者で『謎とき「罪と罰」』というおもしろい本を書いた人がいるんです。

塩野　ああ、江川卓《えがわたく》さん。

五木　ええ、彼がそのあとがきに書いていますけど、五木寛之が埴谷雄高《はにやゆたか》さんと一緒に、ドストエフスキー生誕百五十周年に東京のよみうりホールで講演をしたときに、「明るく楽しいドストエフスキー」という話をしたと。ドストエフスキーのこういう読み方があるのかって、それがひとつのヒントにもなったと書いてあったんです。

塩野　ずいぶんフェアな人ねえ。

五木　ほんとうだね。「明るく楽しいドストエフスキー」という題名は、ドストエフスキーを笑いながら読むっていうロシア人の読み方のほうが、重厚に深刻に読むよりは正しいっていうことを、ぼくは言ってるわけ。だけど、なぜこのタイトルをつけたかっていうと、ぼくはいつも即興で話をするものですから、開演の前にどういう題名

にしようかなって、控え室で迷ってた。で、窓から向こうを見たら、東宝映画の大きな垂れ幕が下がっていて、「明るく楽しい東宝映画」と書いてあったんだ。それは東宝映画のキャッチフレーズなんですよ。明るく楽しい、あっ、これがいいって(笑)。それで「明るく楽しいドストエフスキー」って話をしたわけ。でも、ものすごく考えたうえでの題名だと江川さんは思ったのかもしれない。

塩野 ハハハハッ、でも彼にはそれがピンときたんでしょう。

五木 そうでしょうね。彼もすぐれた文学者だから。

塩野 やっぱり彼がそこで培養したわけね。動機なんていったら五木さん、私はここでは言えないようなところから、ヒントを得たっていうのがいっぱいありますよ。

五木 ハハハハハハッ。

塩野 私はずっと五木さんの作家としての態度に敬意を表しているけれど、その作家としての態度っていうか、姿勢というのが、人間を美しく律している気がする。人間はある年齢以上は、もっとはっきり言うと、二十五歳以上は、もう肉体の力じゃないと思うんです。だいたい二十五歳以下の肉体をちゃんと見てごらんなさい。若い女でも男でも、いかに美しいか。

五木 それはほんとにそうですね。

塩野 それ以上の年齢になれば、なにかプラスアルファがなくては、という感じがする。その場合、私たちがいかに美しく生きるか。やっぱり、心というのもあるんじゃないかと。これは、ソクラテス以来の問題なんですよね。まあ、美しくとは言わなかったけれど。なにせ死ぬことはわかっている。つまり、哲学というのは、死ぬまでをいかに美しく生きるか……。

五木 うん、うん。哲学とは本来、そのことを考える研究でしょ。

塩野 私も若い頃は、「すべて無か」というチェーザレ・ボルジア風に生きてきたけれど、これからは、晩年のレオナルド・ダ・ヴィンチの言ったことをモットーにしようと思ってる。

五木 ダ・ヴィンチはなんて言ったの?

塩野 「スペンデレベーネ」。これを日本語に訳すと、充実したってなるんだけど、イタリア語だとお金をうまく使ったっていう言葉。

五木 いいね。なるほど。

塩野 レオナルド・ダ・ヴィンチが言ったのは、スペンデレベーネした一日のあとに、こ

Antichi Sape
d'Amalfi

ころよい眠りがくるのに似て、スペンデレベーネした一生のあとには、静かな死がくる。もう、私はこれでいくの（笑）。

五木　塩野さん、それはいいよ。じつにいい。

塩野　彼は晩年といっても、私ぐらいの年で、そう言ったんじゃないかと思うのよ。ダ・ヴィンチも相当に気の強い、自己顕示欲の強い男で、フィレンツェでも、ものすごく奇抜な格好をしたのは若い頃の彼なんですよね。でも、悪いけど、自己顕示欲のない芸術家なんていうのは芸術家じゃない。

五木　そうですね。

出ない杭は腐る

五木　昔、日本ペンクラブで国際大会をやるときに、桑原武夫《くわばらたけお》さんをぼくらがサポートしていた。そのときのテーマがたしか平和となんとかだったんですよ。で、大会の資金がたりないんで、日本を代表するいろいろな大きな企業から援助してもらうことになったんです。そうしたら会員のなかから、たとえば軍事産業にまで関係してるような会社からお金をもらって、それで平和をテーマにした会をするのはおかしいっていう意見が出た。そのときに桑原さんがひと言言ったんだ。あの人は関西弁ですからね。「汚い金をきれいに使うのが文化っちゅうもんや」って（笑）。

塩野 賛成！　私もつくづく、灰色だとか、黒だとか、関係ないと思う。中世のメディチでも、文化助成をどれぐらいひどい動機からしてるか。でも、じゃあ、なぜ高利貸しのメディチから金をもらったのか。それはねえ、芸術家のほうに気概《きがい》があったからですよ。つまり、自分の仕事で使われた金は……。

五木 美になる。

塩野 ええ、そこが芸術家の気概なんですよ。ルネサンスではレオナルド・ダ・ヴィンチにいちばん、払われていたのね。絵を描くかぎり、彼は多額の画料を稼げたんです。ただし、飛行機の実験や死体解剖にはスポンサーはつかなかったので、彼は絵で稼いだお金を投資信託して、スポンサーがない仕事に充てたわけですけれどね。それで私、わかったんですよ。文化っていうのは金は儲からないものであると。

五木　文化は使うだけだね。

塩野　だから、堂々と使うべきなの。ふつうの人にとってはマイナス要因かもしれないものをプラス要因に変えていくのが芸術家なんです。コジモ・ディ・メディチがドナテッロという彫刻家に、トスカーナ郊外のヴィラを贈ったんですよね。そこは葡萄《ぶどう》酒《しゅ》やオリーブの生産基地なわけ。生活費を心配せずに創作に専念できるようにと。そうしたら、二カ月もしないうちにドナテッロがそのヴィラを返してきた。どうしてかといえば、雨が降れば鳥小屋の屋根を修理し、冷害になればオリーブや葡萄の心配をする。こんな調子では創作に専念できないと。メディチの偉いところは、コジモの息子、ピエロの代になっていたんだけれど、「そうですか」と笑って、今度はそのヴィラからあがるお金を、メディチ銀行のドナテッロの口座に毎月、はいるようにしたんです。これがメセナじゃないかしら。

五木　メセナっていうのは、仏教の用語でいえば布施《ふせ》ですからね。布施は布施行といって、行のひとつなんで、布施を施《ほどこ》したほうが合掌することになってるんです。お礼は布施をあげた人が言う。もらったほうは言わない。

塩野　そう。それは、芸術家がお金を出してくれた人に得になることを確信して、堂々と

五木　お金をもらうのと同じなんですよ。インドではバクシーシと言いますけれども、やせた子供をだいたお母さんが近づいてきて、じーっと、こちらの顔を見る。ツアコンなんかは絶対、お金をあげちゃいけないって言うけれど、やっぱり出しちゃうわけです。そうすると、サンキューとは言わないまでも、黙礼をするか、かすかに微笑《ほほえ》むか、ちょっとこう頷くかしていくだろうと期待するでしょう。ところが、その母親は傲然《ごうぜん》と胸をそらして、さーっと、去っていく。ガクッとなるけど、じつはこれが正しい布施のしかたなんだね。

塩野　それは、母親が子供にあたえる愛情と同じですね。親はいかにして、自分からうまく離すかということで、子供を教育してるわけだから。

五木　その布施をしたことによって、心の平和を得るわけだから、報《むく》われるのは自分なわけですよ。だから、合掌して、ありがとうって言わなきゃいけないのはこちらなんです。バクシーシもやっぱり布施行ですから。

塩野　そうなのよね。

五木　昔の仏教の用語で、横超《おうちょう》という言葉があります。仏教の専門家は正しい読み方をしますが、ぼくは勝手に自分流に解釈して楽しんでいる。前に向かって進んで壁にぶつかったら、その壁を超えようとして、ただもうむやみにがんばらないで、横へまわれ、横へ超えろっていう意味にもとれる言葉で、そういう見方があるんですよ。これはすごくおもしろい言葉で、発想を転換するってことなんです。

塩野 それって、いまの日本人にはとても必要な発想だと思う。外交だって、日本はディプロマシーを外交って訳してるのがまちがいで、外政って訳すべきですね。発想を転換すべきだと思う。

五木 横超っていう発想は、いろんな場面で生きてくるとは思いますね。

塩野 だから、日本人にとって大切なことは、けっして自分たちは特殊だと思わずに、まして、恐縮しないことね。そして、相手の土俵に立つことなのね。

五木 日本というのは、仕事のできる人が疎外されちゃうところがある。でも、出る杭は打たれるけれど、出ない杭は腐るって、ぼくは言ってるんだ。だから、どんどん出ていっていいんですよ。

ミュージカルの夜

（ローマで上演中のミュージカル『グリース』の舞台を両氏が観劇のあと）

塩野　今夜は思いもかけず、五木さんのおかげで久しぶりにミュージカルなんて見ることができたわ。感謝しなくちゃ。

五木　いやいや、ホテルからの散歩道に劇場があるでしょ。きのう、なにをやってるのかと見たら、『グリース』じゃないですか。ぼくは、よくロンドンに行くけれど、たいがいミュージカルを毎晩、見てるんです。それで、ローマで見る『グリース』も悪くないと思って、お誘いしました。

塩野　よく、チケットがお取りになれましたね。満席だったじゃない。

五木　ホテルのマネージャーに頼んだんだ。宿泊客の強みですよね。

塩野　ＶＩＰ客とチップの強みでしょう（笑）。この『グリース』は、一カ月待たないと席が取れないほど、当たってるの。

五木 いやあ、でも、おもしろかったですね。こういう動きの多いミュージカルは、イタリア語だってなんだって十分楽しめるから、いいなあ。

塩野 主役の女の子を除いては、これを上演するために集まった素人《しろうと》たちなのね。でも、よくやってたとお思いにならない？　歌も踊りも。

五木 たいしたものですよ。カーテンコールで拍手のあと、全曲をメドレーで、もう一度、全員でうたって、踊ったでしょう。あれが、なんともイタリアらしいよね。

塩野 あの体力とサービス精神は、イタリアでしょう。

五木 でも、塩野さんがロックンロールをお好きとは知らなかった。

塩野 ロックンロールは、私の青春の音楽でしたのよ（笑）。

五木 どうも、そういうイメージじゃないんだよね（笑）。

塩野 いえいえ、極めてミーハーでもあるんです（笑）。

五木 『グリース』のあのおなじみの古いヒットメドレーが4ビートではなく8ビートでリズムを刻んでるから、よかったんだなあ。

塩野 だからいま、聞いても、のれるのよね。

五木 でも、客席の顔ぶれの年齢が高くて、うらやましいですね。日本でも、年とともにこういう楽しみを、もっと享受《きょうじゅ》するようになるべきなんだよ。

塩野 映画とかね。

五木 そう、そしてそのあとで一杯、飲む楽しみ。ぼくなんて、前にも言ったけど、敗戦で大陸から命からがら、引き揚《あ》げてきて、何十年か生きながらえて、今夜みたいに、塩野さんとミュージカルなんか見て、ヴィア・ヴェネト（ヴェネト通り）のバーで語らうなんてことはね、ほんとにもう夢みたいですよ。心の底から、そう思います。

塩野 でも、お忙しい五木さんが、ローマまでいらしてくださって、最後の夜が、こんなに楽しいミュージカルで締めくくれたっていうのは、とてもよかった。ほんとは、今夜は五木さんだけをさらって、とっておきのレストランにお連れしようと思ってましたけれど、こちらのほうが素敵でした。

五木 ほんとに久しぶりで、今度はローマの休日を楽しんだ気分です。塩野さん、まだ今年の『ローマ人の物語』を執筆《しっぴつ》中でいらしたのに、ほんとうにありがとう。

塩野 とんでもない。私もせめて、一年ぐらいローマ史のことを考えないですむときを送ってみたいんだけど、きっと二カ月もしないで飽きますよって言われてる。そんなありさまだから、お気になさらずに。

五木 今回は、お昼頃にカフェで、ローマの話を書いた本を読んで、そのあと、著者と会うっていう、格別に贅沢《ぜいたく》な時間をもててうれしかった。また、ゆっくりお会いしましょう。

塩野 ぜひ。このつぎ、いらしたときは、五木さんにお泊まりいただきたいホテルがひとつあってね。それは、古代ローマのヴィラの上に中世の貴族が城を建てて、そこの馬小屋だったところを改装したものなんです。ポール・ゲティが別荘にしていたのを、ホテルにしたわけ。海が目の前に広がっているの。そして、イタリア人が手がけた一室一室の内装がすべてちがうんです。

五木 へえ。今度、来たときはぜひそこをたずねてみたいですね。

塩野 ありがとうございました。

東京での再会「異邦人対談」番外篇

五木　お帰りなさい。お久しぶりですね。

塩野　ほんとうに。その節はローマまでわざわざお越しいただいてありがとうございました。

五木　こちらこそ、お世話になりました。長々とつづいた「異邦人対談」の連載もやっと終わりましたけれど、連載中、「どうしてお二人はあんなふうに地味に霧の奥に埋もれるようにやってるんですか？」って、ずいぶんまわりの編集者たちに言われましたよ。

塩野　思えば、われわれの対談はずいぶんすみっこでしたね（笑）。まあ、かまわないんだけど（笑）。ぶ厚い『家庭画報』の後半に、ひっそりとのっていたんですものね。

五木　いやいや、じつは、奥の間というか、あの場所のほうがよかったんですよ、塩野さん。やってるほうがこれは絶対おもしろいと思う会心の対談を、ああいうふうに隠れてこっそりやってるんだから、そこがかえって編集の妙《みょう》という感じがしていた（笑）。

塩野　いま、宿泊している帝国ホテルの美容室で、私、ちょっとていねいに扱われるようになったのね。なぜかといったら、そこに『家庭画報』が置いてあって、美容師さんが少年の頃から五木さんのファンで、「異邦人対談」を読んでるわけ。

五木 社交辞令にしても、ありがたいですね。ぼくは昔『家の光』という雑誌の取材記者やってましたでしょ。それで日本中歩きまわってるもんだから、ほんとは草深いところに読者が多いんです（笑）。あいかわらず週四日は地方の町や村ですから。

塩野 五木さんのそこが偉いのね。

五木 鞄ひとつさげて、まいどフーテンの寅さん（笑）。そういう場所でも、「あれ読んでます」って読者の直接の反応があったんで、あ、この対談は読まれてるんだなって連載中に感じてました。

塩野 『家庭画報』の読者アンケートでは常に上位だったらしいんだけど、きっと同情票も集めてたりしてね（笑）。

五木 かわいそうに、とか（笑）。でも、正直言ってぼくはあの場所、とても気に入ってたんです。やたら表へ出て檜舞台《ひのき》で踊るだけが芸じゃないもの。

塩野 ではこうして新春特別篇なんていって、前のほうに出てくるのは、五木さん、まずくありません？（笑）

五木 お互い、らしくないよね（笑）。

塩野　一年間、連載を読んでくれた読者がね、私に「五木さんはこんなにやわらかな話題も話されるんですね」って。

五木　ハハハ、かたや塩野さんだって天下国家の話しかしないと思ってる人もいるから、「異邦人対談」を読んでびっくりした読者も大勢いたはずですよ。塩野さんは天下国家もちゃんと語るけど、一方ですごく世情にも通じてるセンスのある女性なんだと、いつもぼく、みなさんに言ってるんですが。

塩野　そうそう（笑）。

プライベートとパブリック

五木　ところで、塩野さんの『ローマ人の物語』が韓国で出版されて大反響を呼んでいるというのは大ニュースですね。ぼくはなぜ日本のジャーナリズムがそのことを話題にしないのか不思議でならなかった。

塩野 でも日本ではニュースにならないのよ。

五木 ぼくは国際的なニュースだと思うけどな。いま、せいぜい百年ぐらい前ではなくて、すごく古い歴史を見直そうという空気があるのはいいことです。そこからみんななにかを学ぼうと思ってるわけですから。

塩野 五木さん、私もずいぶん年をとりましてね。この頃では対談相手も若い人が多いの。ベビーシッターはいやよって、いつも言ってるんだけど。

五木 アッハハハ。ベビーシッターはぼくも願い下げだけど、向こうは老人の介護の気でやってくれてるのかもね（笑）。でも塩野さんの若さを保つ秘訣はそれか（笑）。長老にサービスするよりよっぽどいい。

塩野 このあいだも各界の三十代の人たちに会ったんですけれど、やっぱり年下というのは気を使って疲れますね。こちらはもっぱらベビーシッターって感じなのよね（笑）。五木さんにはいいんじゃない？　相手が女の子でも。

五木 年上の人とか、同世代だと、あまりにも話がツーカーで通じすぎるんです。

塩野 年下ってやっぱり緊張感があるわけ？

五木 なにを言っても通じないっていうのは、それはそれでおもしろいもの（笑）。

塩野　このあいだ、ローマで興味深い若者に会ったんです。サッカーのあの中田英寿《なかたひでとし》君と夕食をご一緒したんですけど、彼はめずらしくも私にわかってもらおうなんて、ちっとも思わない青年なんですね。政治家にしても、経済界の重鎮《じゅうちん》にしても、多くの人は私と話すとき、塩野七生《ななみ》に理解してもらいたいと思ってるらしいんだけど。

五木　なるほど。

塩野　私、そこのところがおもしろくてね。彼はなかなかたいした若者ですよ。

五木　自分を理解してもらいたいと思うのは、やはりわれわれの世代までなんでしょうね。

塩野　そうでしょうか。

五木　つまり、彼の場合、実力もステイタスもあるわけですから、自分をことさらにわかってもらう必要もないってところもあるかもしれない。

塩野　彼への私の開口一番は、「二十二歳の顔してませんね」。

五木　へぇ。

塩野　「あなた三十歳の顔してますよ」と言ったら、彼、老けてるって言われたと感じたような表情をふっと見せたから、「いいえ、マイケル・ジョーダンだってデビュー後まもなく、すぐにそのような顔になって、三十五、六歳でやめたときには五十代後半の顔をしてましたよ。そういう顔にならないと、チャンピオンにはなれないと思う」と言ったの。

五木　たしかにそうだ。幼い表情では国際的な一流のスポーツマンにはなれない。

塩野　だから、「二十二歳の顔をしてない」っていうのはつまり、最高の賛辞なのよ。

五木　おとなの顔をもつこと、それは大事なことですね。日本人のゴルフ選手が全英オープンで勝てないとか、マスターズで勝てないのはおとなとして自立できてない雰囲気という点もあるんでしょうね。とにかくインタビューの受けこたえひとつにしても子供っぽいですから。

塩野　どうして子供っぽくなっちゃったんでしょうか。日本では若い男の子も女の子も子供っぽいですよね、昔にくらべて。

五木　カジュアルになりすぎなんですよ。だから公共の場とプライベートの区別がつかない。

塩野　ほんとうにそうね。

五木　フォーマルの場ではフォーマルな話をしなきゃいけないんです。日本のパーティーで最悪なのは、乾杯のあと、だれが壇上で話してもみんなざわざわして、ぜんぜん聞かないとか。

塩野　それは、スピーチをするほうにも芸がないというのもあるわね。

五木　うん。話すほうも聞くに値する話を用意してこないし、聞く側も人の話を聞いて感動したり、拍手したりするという人間的関心に欠けている。だから、パーティーに行くたびに情けないなあと思うんですけれども、やっぱり日本人は一般にどうも子供っぽいですね。

塩野　少しずつでもちがってきませんかしら。

五木　たまに中田君のようなおとなっぽい若者が出てくるんですけどね。ぼくは思うけど、若い人はうんとおとなびてなきゃいけない。それで年配の人はうんと無邪気でなきゃいけない。

塩野　ハハハハッ。

五木　ところが、年配の人が老け込んで、若い人は幼稚で、真ん中っていうのがないんだよ。そういうところはほんとに残念に思いますね。

塩野　それから、日本では一級のストライカーが生まれない。

五木　サッカーのストライカーですか。

塩野 ええ、勝負師が生まれない。つまり適度なところまではいくけれど、ピカ一がなかなか生まれないんですね。

五木 飛び抜けた脚力やスタミナがあっても、組織論などの人間の知性がやはりきちんとしてないと、サッカーというスポーツは成り立たないですから。

塩野 そうなのね。

五木 サッカーだって将来、日本も外国に勝てるチームをつくれると思うんです。だけど、はっきり言うと勝つだけではサッカーではないんですよ。やっぱり美しいサッカー、人を感動させるサッカー、そのゲームを見た人が十年も二十年も、胸にとどめておけるような感動的なサッカーは単に強いチームをつくったぐらいではできない。それができないとサッカーで勝ったとは言えないと思う。

塩野 中田君の試合をイタリアのテレビでずっと見ながら、イタリアのジャーナリストたちのさまざまな批評を聞いていてね。あれだけサッカーの伝統のない日本の選手が、ワールドカップに出ている選手ばかりのセリエAで、はたしてやれるかっていうことを案じてたの。中田君はその点において、日本の選手として初めて完全にクリアしましたよ。ただ、もうひとつ関門があるわけ。それはボールがある選手にパスされますね。そうすると、相手チームだけじゃなくて、見てる人びとまでがみんな緊張するの。なにかするだろうって。

五木 よくわかる。

塩野 セリエAでは、中田選手はまだ完全にはそこまでの選手にはなっていない。だけど、まだ二十二歳ですよ。だから、そうなったときに彼は世界のトップスターのひとりになる。

五木 塩野七生の中田英寿論というのもなかなか味なもんだなあ（笑）。

塩野 そういう選手がセリエAには何人もいるんですよ。なにするだろうかと思って見てると、さっと見事な技《わざ》をやるわけ。みんなびっくりする。これは堪能させられるのね。

五木 やはり偉大なスポーツマンになるためには、偉大なエゴをもってなきゃいけないし。

塩野 そう、はっきり言って、あそこまでいくと芸術家ね。

五木 で、そのエゴというのは必ずしも学校で教わるような知識とか知性とは関係ないんです。やっぱり千年、二千年の歴史で培《つちか》った、ひとりの人間が個人として自立しているという伝統とかかわっていると思う。つまりその自立のしかたは一般教養とは関係がない。それこそが偉大なるエゴなんです。

癒《いや》しと励ましの文学

塩野 五木さんはかつて文学は癒しだとおっしゃいましたよね。

五木 癒しというより、むしろなぐさめ、アミューザンするもの。漱石が『草枕』について言った「慰藉《いしゃ》する文芸」という意味ですけど。

塩野 その五木さんのおっしゃったことは正しいと思う。私、自分の書くものが癒しをあたえてないってことがわかったの。

五木 でも、塩野さんの書くものは励ましをあたえてるからね。

塩野 私は刺激してるのね。だけど、絶対数からいえば、やっぱり癒しを求めている人間のほうが多いのがあたりまえでね。それは五木さんと私の本の売れ行きにあらわれていると思った（笑）。

五木　いや、それだけじゃなくて、ぼくは脱ブレヒト主義者ですから。「眠りから目覚めよ」というのがブレヒトの発しつづけたテーマじゃないですか。

塩野　そうか。

五木　日常の市民生活に埋没しきって、惰眠《だみん》をむさぼっている人たちに対して、ある種のショックや違和感をあたえて、目覚めよ、世界と自己に目を開けと。ブレヒトは非常にユニークなことをやってるんだけれど、時代とともに、今度は眠るということをもっと大事に評価しなきゃいけないなっていうふうな感じになってきてるわけ。

塩野　なるほどね。

五木　つまり、眠ることは悪で、目覚めることは善であるという近代の前提が、ぼくから言わせると十九世紀的なんです。眠りという豊かな原野で、人間は想像力を養い、そこで傷ついた精神を回復させる。しかも眠っているあいだに脊髄の細胞が増殖するんですってね。そういうことを考えると、人生において、三分の一を占める眠る瞬間を尊敬しなくちゃいけない。目覚めさせる人より、「人よ眠れ、よき眠りを」って、言いつづける人になろうと思ってるんです。

塩野　私は『ローマ人の物語』では、じつに意識して自分の楽屋裏を開陳《かいちん》してるわけ。私はこう思うが、あなたはどう思うかって、読者に参加を求めてるわけ。

五木 わかります。だから塩野さんのものを読むと非常に刺激されて、こうしてはいられないって思うんだな。

塩野 そんなことないわよ。

五木 こうして正月から、おかき食べながらこたつのなかに寝そべっていてはいけないなあって、反省する（笑）。

塩野 うそでしょう？

五木 いや、ほんとうにそう思うんだよね。これじゃいけない、とね。でも、ぼくの本は反対にそれでいいんだよ、という類《たぐ》いの本（笑）。

塩野 うそーっ（笑）。刺激ばかりしてて私のはだめ？

五木 とんでもない。やっぱりやろうっていう気になることは大事。

塩野 私はいつでも最後に、希望を捨てない、というふうに終わらせてるの。

五木 たしかにそうですね。ぼくの場合は、ほら、顔を上げて空の太陽を見なさいというものの見方とは逆なんです。直接、光源を見ても、太陽の激しい光はまぶしくて見えない。そういうときにはうなだれて、肩を落として足もとを見る道もある、と。

自分の足もとに落ちているくっきりした影の濃さと暗さこそが、自分を背後から照らしている光の存在を気づかせてくれるじゃないか。ああ、たしかに光は存在し、自分を背後から照らしてくれているんだな、と。これがぼくの意見。

塩野 わかります。

五木 顔を上げて、胸を張れとは言わないわけ。

塩野 私の場合は、剣をもって奮い立てってていうわけじゃなくて、でも、奮い立てってていうのもちょっとははいってるわね（笑）。

五木 塩野さんの『男たちへ』を読むと、ぼくはやっぱり忸怩《じくじ》たるものがある。でも、すぐれた歴史書というのは常にアジテーション（扇動）の書なんですよ。そういう意味で、塩野さんは天才的なアジテーターだと思う。よい意味でアジテーターの最たるものはイエス・キリストですね。その点では、アウグスティヌスもパウロもそうでしょ。そういう意味で、やはり人を奮い立たせるのはたいへんなことです。

塩野 でも、私が五木さんをうらやましいと尊敬するのは、前にも言ったけれど、自分の時代というものがおありなのよね。

五木 塩野さんは、いまが旬《しゅん》じゃないですか（笑）。

塩野　とんでもないですよ。私が時代を代表するなんて永遠にありえないわ。

五木　一九八〇年代後半から一九九〇年代、そして二十一世紀にかけて、今年も、塩野七生の時代でしょうが。

塩野　いえいえ、とんでもない。いつも私はマイノリティ（少数派）です。

五木　それは塩野さんが自分できわどく選んだマイノリティであって、ポピュラーになってしまったら、塩野七生の魅力がなくなるっていうギリギリのところで選んでるものなんだと思うな。

〝絶対文感〟について

塩野　五木さん、ひとつ教えてください。絶対音感というのは絶対音楽感覚ですよね。

五木　ほんとうはね。

塩野　そしたら、絶対文章感覚ってないですか？

五木　絶対文感（笑）。それはあるんじゃないですか。ただ、その絶対文感、絶対文章感覚、あるいは絶対文学感覚は文学者の必須《ひっす》条件ではないですね。

塩野　どうして？

五木　文章はなんともひどくても、作品にすごいものがあるって作家は何人もいるから。たとえばドストエフスキーっていうのは一般に悪文家と言われている。

塩野　でも、それはやはり一種の感覚じゃないの。

五木　ぼくはドストエフスキーは情熱のほうがすごいから、言葉が追っつかないのかなあと思うけど。たとえば、突然にとか、不意にとかいう意味の「ウドゥルーク」というロシア語があるんですよ。『白痴』の原文を読んでいると、わずか一ページのなかにその同じ言葉がやたらと出てくる。

塩野　それって、われわれだったら途端《とたん》に校閲部から文句が来る（笑）。

五木　だから中村白葉《なかむらはくよう》はそれを訳すときに、ひとつひとつぜんぶちがえて、不意にとか、突然にとか、思いがけずとかって訳に苦心して変えてる、と宮原昭夫《みやはらあきお》さんが指摘していました。

塩野　あっ、わかりました。

五木　ドストエフスキーはそういう感覚でしょ。同じ表現のくり返しなんてぜんぜん平気なんですよ。同じ言葉を文中の同じフレーズのなかでバンバン使っちゃうような人なんだ。

塩野　しかし、それによって効果を見込むというか、無意識でもあるでしょうけれど、効果は出るんじゃない？

五木　まあ、それはありますね。でも、そこまでいえば、それはもう絶対音感を超えて、不協和音の域までいってるわけですよ、コルトレーンやマイルス・デイビスの世界まで。

塩野　五木さん、私、校閲部とぶつかることがある。つまり「これは日本語でない」と校閲部は言うの。しかし、「私はそこをくり返すことでリズムで表現したいから、ほっといてくれ」って言うわけ。

五木　それは塩野さんのほうが正しいんですね。だって音感、文感というのは感覚だから。しかし校閲は文法、つまり一般理論で仕事を進めなければならない。立場はわかりますよね。

塩野　それから編集者がここはわからないって、文句を言ってくるときは、しばしば私は

五木　これは一ページあとにわかったっていいんだと。そういうふうに思わない？　そのとおりです。それは逆に言うと伏線《ふくせん》を張ってあるんだから。だけど文章の理論的、文法的組み立てを問題にする人は、感覚じゃなくて知性でとらえるわけだからしかたがないよね。ほんとうはそういう塩野さんの感覚のほうが正しいんだよ。一般法則よりも、文感に従っていくべきだとぼくは思いますね。たとえば蓮如の文章なんてものは、常套句《じょうとうく》が氾濫して手垢のついた表現が多くて非文学的だと言われる。ところが、蓮如の文章は声を出して読むと不意に活字が立ち上がってくるようなすごさがあるんです。

塩野　なるほど。

五木　しかも、それをひとりでなく何十人もの人が一斉に読む。そうすると魅力が倍増する独特の構造。

塩野　わかります。それはそのとおりだわ。福田恆存《ふくだつねあり》さんが私に教えてくれたことで、文章とは意味を伝えるだけでなくて肉体生理も伝えるものだと、つまり声を伝えるものであると。私もイタリア語でもラテン語でも翻訳するときには、その人の声を伝えようとするの。

五木 うん、そこが塩野さんの魅力でしょう。その臨場感、空気を伝えようと苦心するのが、作家の芸ですよね。蓮如の文章はぼくはスタンダードな文章じゃないと思うんですよ。いつ読んでも感動できる文章じゃなくて、人がある極限状態に立ったときにその文章に触れると、陳腐に思われてた文体がまったくちがって、毛が逆立つような感動をあたえる文体だと思う。変化する文体、状況の文章なんですよ。状況で変化する文章ってあるものなんです。

塩野 なるほどね。

五木 だから、文法的に悪文といっても、どういう状況で、どういう立場の人が読むのか。黙読か、声に出して読むのかどうか、それらによってもちがう。そこを規定するのがさっきおっしゃった音感のような五感、文感なんですよ。そうすると、やはりそれは文感のほうを大事にすべきでしょう。絶対音感と同じように文感というのはある。だけど、それはもう生まれつきの感覚であるし、子供の頃から話したり、読んだりしてきて、身についてきたものと二つあるでしょうけど。

塩野式〝煎餅〟保存法

塩野 私、『家庭画報』を読むといつもたまらないのは料理のページ（笑）。日本の人たちには「塩野さん、永遠の都ローマにいていいじゃないですか」なんて言われるけれど、いわば辺境勤務をしてるわけですよ。旬の和食も食べずによ。

五木 ハハハハハッ。

塩野 もう情けないかぎり。でも永遠の都のローマにいるからって、ぜんぜん同情してもらえない（笑）。だからつましく保存法をあみだして、おかきやお煎餅は日本製の缶にパスタを茹でるときのイタリアの粗塩を敷いて、その上にアルミホイルを敷いて、おかきの袋を入れてるの。あの粗塩が湿気取りにはいちばんいいのね。イタリア風にいえばもう宗教的な感じで保存してるわけ。

五木 いい話だね。塩野七生が煎餅をそうやって保存してるなんて。

塩野　そう、一生懸命。かわいそうなくらいよ。それを少しずつ小分けに出して、ボンボン入れに入れ替えて食べる（笑）。半年以上、もたせてます。

五木　塩野さんが、そうやって大事に保存して、夜中にマルクス・T・キケロの言葉を思いながら煎餅をポリポリかじってる図なんていうのは感動的だなあ。

塩野　大福や甘納豆なんていただくと、半分はただちに密封して冷凍してね。

五木　ハハハハッ。

塩野　ほんというと、こういう切ない苦労をして辺境での執筆《しっぴつ》生活を送ってるんですよ。でも、まったくのんきにやってるって思われてるのよね。

五木　世の中、そういうもんです。だからおもしろい。

塩野　ハハハハッ、情けない。

五木　いや、イタリアの塩で保存してるなんてのは、いい話だなあ。

塩野　私、今回、日本に帰国する二日くらい前にかっぱらいにあったの。歩くときはバッグを車道側ではないほうにもつぐらいわかってるんだけど、道を横切った途端、バッグをもってる腕が逆になるじゃない、そこを二人組にやられたの。

五木　へぇ。

塩野 お財布のお金なんかは忘れることにする。それから小切手帳、これはブロックできる。いちばんいけないのは家の鍵《かぎ》がはいってた。

五木 鍵はからだにつけとくのがいちばんいいんだよね。

塩野 そう、息子はやはり身につけてますけれど。しょうがないから警察へ行ったら、名前が書いてあるものははいっていたかって聞くわけ。なければ、鍵はほうっておいてもいい。ところが、ちょうど私は飛行機のチケットを引き取りに行くところだったものだから、航空会社から来ていた予約票がはいっていて、そこにローマ字で名前が書いてあった。そういう場合は確実に電話帳で調べてやられちゃうの。

五木 すごいね。

塩野 ですから、なんともはや、ぜんぶ家の鍵を替えましたよ。コピーするにはフランスに行かなくてはできないっていう鍵にね。

五木 そういうひったくりに海外であったときの気持ちはなんとも言えないんですよね。ぼくも昔、東ベルリンで情報機関のなれの果ての連中にパスポートから航空券までとられたことがあるから。そのときは追っかけなくて賢明だったって言われた。追っかけると撃たれたはずです、ってね。

ローマ国立博物館
（パラッツォ・マッシモ）の
初代皇帝アウグストゥス帝の
像の前で

イタリア行政裁判所の
廊下天井の日時計（非公開）

塩野 そうね。この頃は突き倒すから、頭を打ったりするの。私はやはりわきがあまかったのね。で、メガネをとられたわけよ。それで、日本でつくればいいと思ってきて銀座で買ったんだけど、なんとイタリア製なんか選んでるんですからね（笑）。いままでもっていたのに近いデザインがそれしかなかったとはいえイタリア製を買ってるんですから、アホみたいって感じ（笑）。

五木 いま、右手にしてらっしゃる指輪も塩野さんのデザインですか？

塩野 これはちがいます。フランスのデザインです。

五木 とてもきれいだなあ。

塩野 このあいだ、執筆中なのにクリスティーズのオークションでダイヤの指輪を落札しちゃったんですよ。こういうことになると、執筆中にもかかわらず、なぜか私は非常に気持ちが惹かれちゃう（笑）。家から歩いて数分のナヴォーナ広場にあるクリスティーズの建物でオークションをやってたのね。オークションに参加したのは初めての経験でしたけれど、なかなか奥の深い世界ですよ。

五木 ふーん。おもしろそうだね。ところで、塩野さんが自分の指輪をデザインして楽しんでられるのは、もうかなりの人に知られてきたから、そのうち塩野七生コレクシヨンを公開するっていうのはどうですか。

塩野　だめですよ。私の指輪はオークションに出るような宝石とは格がちがうもの。お遊びですもの。

五木　オリジナリティがあると思うけど。

塩野　ありがとうございます。まあ、あいかわらず、そんなばかげたことをしておりますけれど、五木さん、本年もよろしくお願いいたします。

五木　こちらこそ、この「異邦人対談」もそのうちまとめて楽しい本になるといいですね。

塩野　ええ、今年また、イタリアにいらっしゃらない？

五木　行きたい。

塩野　再会にふさわしい素敵な場所を考えておきますわ。

五木　では、今度お目にかかるときはイタリアで。塩煎餅をおみやげにもっていきますから（笑）。

〝わがイタリア偏愛の記〟

五木寛之

十六歳の夏、だったと思う。当時、私は九州の田舎の高校で、自分の将来に漠然たる夢と不安を抱いて日をすごしていた。できれば外交官か、そうでなければ映画のシナリオ・ライターとして身を立てられたらいいな、と現実性のないことを考えることもあった。外交官になるには語学の才能が必要だ。家柄というものも大事だろう。それはまず見込みがない。しかし、シナリオ・ライターなら、まんざら可能性のないこともなさそうである。もしもそんな世界にもぐりこむことができたら——と、私は空想するのだった。合作映画の海外ロケに参加して、見知らぬたくさんの外国を旅するのだ。異国の街角で、いったいどんな女性と出会うのだろうか。そし

ヴィア・デル・バブイーノ（バブイーノ通り）のアンティーク版画店にて

てまた、どんな事件が私を待っているのだろうか。

そんな白昼夢にばかりふけっている人間を、九州では「夢野久作」と呼ぶ。やや軽んじながらも奇妙な愛情をこめて、「夢野久作どん」という言い方もあった。『ドグラ・マグラ』を書いた異色の作家が、夢野久作をペンネームとして選んだことに、私は微笑を禁じえない。私もまた、その「久作どん」の末裔のひとりだったからである。

そんなある日、私を特別にあつかってくれていた友人のひとりと、学校をさぼって、近くの連山の山頂に登ったことがあった。ちょうど西のほうに夕日が沈む時間で、あたりにはだれひとりいなかった。刻々と色を変えてゆく空と、草の匂いと、山をわたる風と、私たち二人の少年と、ただそれだけが一体にとけあって、時間が止まったような感じがしたものだ。

そのとき、友人が声をはりあげて私の知らない歌をうたい始めた。それはどうやら外国の歌らしく、明るさのなかになんともいえぬペーソスを感じさせる歌だった。あの感情をなんと言えばいいのだろう。のちにブラジルへ音楽を聴く旅に出かけたとき、現地でしばしば耳にしたポルトガルの言葉、「サウダーデ」という表現を知ったが、あの夏の夕方に私が感じたものは、まさにそのサウダーデそのものだったような気がする。

〽　思い出の島　カプリよ

と、友人はうたった。私もその声に唱和した。これはイタリアのことをうたった歌なんだな、と、そのとき思った。

いま振りかえってみると、じつにたわいのない思い出にすぎない。しかし、あの十六歳の夏の一瞬は、私のなかで消えることなく残っている。その一行の訳詞の文句を口ずさむたびに、あたかも水中花のようによみがえってくる感情があるのだ。

外国へ行くのならぜひイタリアへ行きたい、と私は思った。そしてイタリアに関係のあるさまざまな知識の断片をひそかにコレクションした。映画や音楽はもちろん、戦後のとぼしい情報のなかから、いろんなニュースを拾い集めてはひとりで悦に入っていた。いま思えば滑稽きわまる幼稚な遊びだったが、その気持ちはおとなになってからも長くつづいて、失われることがなかった。

おとなになって、はじめてアルファ・ロメオのジュリエッタを買ったときの胸のときめきは、いまでもまざまざと思いおこすことができる。ナルディと刻まれたステアリングにそっと手をのせて、私の心はミレ・ミリアの難コースを疾走していた。フィアットの一二四クーペもまた、私には忘れることのできない車だった。安価でありながら、これほど美しいクーペを見たことがないと思ったものである。

外交官も、シナリオ・ライターも、しょせん田舎の少年のたわいのない夢だったが、のちに小説を書くようになり、イタリアへ自前で旅行できるようになったことは、思いがけない幸運だったと思う。TVや雑誌の仕事もあって、しばしばイタリアを訪れるようになってくると、外側からは容易にうかがえないイタリア人の内面の暗さ、気位の高さなども少しずつ理解できるようになってきた。

陽気で人なつっこいイタリア人は、また一面で恐ろしく複雑で、かつ繊細な人びとであるらしい。だからこそフランス人などにはとても不可能な、天才的な作品も生みだすことができるのだろうと思う。

私は二十代の後半、歌の歌詞を書く仕事をしていた時期があった。いまとなっては照れくさい作品ばかりだが、歌が好き、という思いだけは六十代後半にさしかかった現在も変わらない。そんな昔の私の書いた歌のひとつに、『二丁目の子守唄』というのがある。かつての赤線地帯に生きる娼婦の歌だが、それをどういうわけかミルバがレコーディングしていて、のちにＣＤにもなっているらしい。録音されたテープを聴いたときには、私は思わず笑ってしまった記憶がある。ミルバの歌は、あまりにも朗々と元気にあふれていて、とても裏町のうらぶれた娼婦の歌とは思えなかったからだ。

私のそんなイタリアへの偏愛は、いささか子供っぽい傾向があるような気がしないでもない。歴史とか、社会とか、そういった視点が抜けおちているからだ。しかし、私は歴史を動かしていくのは、人間の感情だと信じている。私たち一九五〇年代の大学生は、安酒場で酒に酔うと、立ちあがって大声で外国の歌をうたうのが常だった。そのなかに、『アヴァンティ・ポポロ』というのがあり、歌詞の意味をまったく理解しないまま、私たちはその歌をくり返しうたったものだった。いまでもそのなかのきれぎれの文句、「リベルタ！」とか、「ロッサ」とかいう単語が回想のなかを飛びかう。そんなながいあいだのイタリアへのひそかな憧れが実って、こういう一冊の本が生まれることとなった。そのことがとてもうれしい。少年の日の夢が、こういうかたちで現実のものとなったのだから。

初出

月刊『家庭画報』（世界文化社刊）に
一九九八年一〇月号に掲載されたもの、および
一九九九年一月号より二〇〇〇年一月号まで
連載されたものに、加筆訂正しました。

五木寛之

いつき・ひろゆき　昭和七年九月三十日、福岡県生まれ。
幼時に朝鮮に渡り、敗戦後、引揚げ、早稲田大学露文科に学ぶ。
作詞家、ルポライターなどを経て、
四十一年『さらばモスクワ愚連隊』で小説現代新人賞、
四十二年『蒼ざめた馬を見よ』で直木賞、
五十一年『青春の門・筑豊篇』ほかで吉川英治文学賞を受賞。
五十六年より三年ほど休筆し、京都龍谷大学に学ぶ。小説のみならず、
翻訳、評論、戯曲そのほか、自由な文明批評的活動も注目を集めている。
最近は『大河の一滴』『人生の目的』『知の休日』などが大きな反響を呼んだ。
今年で作家活動を始めて三十五年となる。

塩野七生

しおの・ななみ　昭和十二年七月七日、東京都生まれ。学習院大学哲学科卒業。
三十八年から四十三年にかけてイタリアに遊学。
四十三年より執筆活動にはいり、『中央公論』に「ルネサンスの女たち」を発表。
四十五年『チェーザレ・ボルジアあるいは優雅なる冷酷』で毎日出版文化賞、
五十六年『海の都の物語』でサントリー学芸賞、五十七年、菊池寛賞、
平成十一年、司馬遼太郎賞を受賞。
平成四年よりローマ帝国興亡の一千年を描く『ローマ人の物語』全十五巻の
執筆に取り組んでおり、今年、九巻目が刊行される。
近著に『ローマ人への20の質問』。
昭和四十五年よりイタリアに住み、現在はローマ在住。

おとな二人の午後

二〇〇〇年六月一〇日　初版第一刷発行

著　者　五木寛之
　　　　塩野七生
写　真　飯田安国
　　　　武田正彦
発行者　小林弘明
発　行　株式会社世界文化社
〒一〇二－八一八七
東京都千代田区九段北四－二－二九
電話　〇三（三二六二）五一一七（編集部）
　　　〇三（三二六二）五一一五（販売部）
印刷・製本　日本写真印刷株式会社

Printed in Japan ISBN4-418-00509-9